OETINGER TASCHENBUCH

Heike Abidi liebt Bücher, seit sie lesen kann. Schon mit acht träumte sie davon, selbst welche zu schreiben. Bevor 2012 ihr erster Unterhaltungsroman erschien, studierte sie Sprachwissenschaften und wurde freiberufliche Werbetexterin. Mit Mann, Sohn und Hund lebt die Autorin in der Pfalz bei Kaiserslautern.

Heike Abidi

Sunny Days

Oetinger Taschenbuch

Außerdem von Heike Abidi bei Oetinger
Taschenbuch erschienen:

Tatsächlich 13

Plötzlich 14

Endlich 15

Alles, was Mädchen wissen sollten, bevor sie 13 werden

14 – Kicker, Küsse, Katastrophen

FSC www.fsc.org
MIX
Papier aus verantwortungsvollen Quellen
FSC® C014496

Sonderausgabe
1. Auflage 2018

Druck: GGP Media GmbH, Karl-Marx-Straße 24,
07381 Pößneck, Deutschland
ISBN 978-3-8415-0497-5

www.oetinger-taschenbuch.de

01

ALS OB MONTAG nicht sowieso schon der schlimmste Tag der ganzen Woche wäre, hat Dörte beschlossen, dass wir ab sofort montags immer bei Martin frühstücken, damit er und ich uns besser kennenlernen können. **Na toll.** Mir genügt es eigentlich schon, zu wissen, dass wir ihm diesen blöden Umzug zu verdanken haben, auf den ich ungefähr so scharf war wie ein Schneemann auf einen brüllend heißen Sommertag.

»Ach, Sunny, ich wünschte, du würdest ihn mögen«, sagte Dörte neulich, als ich ihren Vorschlag mit dem gemeinsamen Montagsfrühstück zuerst ganz klar abgelehnt hatte. Natürlich bin ich wenig später eingeknickt. Sie hat es einfach drauf, mich zum Nachgeben zu bewegen.

Dörte ist übrigens meine Mutter, aber weil sie sich angeblich steinalt fühlt, wenn ich sie *Mama* oder *Mutti* nenne, rede ich sie eben mit ihrem Vornamen an. Wenn sie das glücklich macht …

Eigentlich ist Martin derjenige, der sie glücklich machen sollte, schließlich ist er ihr aktueller Lover. Und, wie gesagt, der Typ, wegen dem wir mit Sack und Pack von Frankfurt nach Köln gezogen sind. So schnell verzeihe ich ihm das nicht! Immerhin sind wir erst zwei Jahre vorher von Berlin nach Frankfurt umgesiedelt, und davor haben wir in München gewohnt.

Es ist nicht so, dass Dörte karrieremäßig auf der Überholspur wäre und wir nur deshalb ständig den Wohnort wechseln, weil sie dauernd bessere Jobs findet. Nein, wo immer wir uns niederlassen, eröffnet sie in winzigen Räumen ihre Psychotherapeutinnen-Praxis und fängt an, sich mühevoll einen neuen Patientenstamm aufzubauen. Es hat sie also kein Traumjob nach Köln gelockt, sondern ein Traummann. Beziehungsweise ein Sozialkundelehrer mit Halbglatze, den sie für einen solchen hält.

Ehrlich gesagt: Traummänner stelle ich mir etwas anders vor. Unabhängig davon, dass Martin natürlich schon über vierzig und damit uralt ist, hatten Dörte und ich, was Männer betrifft, noch nie denselben Geschmack. Deshalb tat es mir bisher nie besonders leid, wenn meine Mutter nach einer Weile entdeckte, dass ihr aktueller Lebensabschnittsgefährte untreu oder langweilig oder einfach nur ein Idiot war, und sich von ihm trennte.

Worauf ich allerdings gut verzichten könnte: dass sie sich danach meist schon sehr bald wieder in einen anderen verliebt und das ganze Theater von vorne losgeht.

Immer wenn ich mich gerade irgendwo so richtig eingelebt habe und rundum wohlfühle, machen Dörte und ihre Liebesdramen mir einen Strich durch die Rechnung. Und Dörte wäre nicht Dörte, wenn es ihr gelänge, sich einen neuen Partner zu suchen, der wenigstens in derselben Stadt wohnt wie wir. Stattdessen verknallt sie sich in einen Typen vom anderen Ende der Republik – oder immerhin aus einem anderen Bundesland – und beginnt eine Fernbeziehung mit viel Geseufze und langen Telefonaten. Spätestens, wenn sie sagt, dass ihr das Pendeln auf die Nerven geht und sie endlich »Nägel mit Köpfen« machen will, weiß ich, was die Stunde geschlagen hat. Dann heißt es: **Umzugskisten packen, Möbelwagen bestellen und alles auf Anfang!**

Diesmal ist mir der Abschied besonders schwergefallen. In Frankfurt hatte ich einen coolen Freundeskreis, die Schule war ganz okay, und mit der Hip-Hop-AG war ich bei einem landesweiten Contest bis in die Endrunde gekommen.

Und vor allem: Ich hatte Stella. Die ultimativ beste Freundin, die man sich nur vorstellen kann. Stella ist hilfsbereit, verständnisvoll, großzügig, solidarisch, witzig, ideenreich … und vor allem: **null Prozent tussihaft.** Sie kann Geheimnisse für sich behalten, interessiert sich mehr für coole Musik als für die peinlichen Outfits irgendwelcher Möchtegernstars und kann unheimlich gut motivieren. Ohne ihr Zureden hätte ich damals beim Hip-Hop-Wettbewerb bestimmt keine fehlerfreie Show hingelegt. Doch jetzt ist Stella hauptsächlich eines: nämlich zweihundert Kilometer weit weg. Natürlich haben wir beschlossen, dass das unserer Freundschaft nichts anhaben kann. Schließlich gibt es Handys und das Internet, und zum Glück habe ich für beides eine Flat. Aber Stella fehlt mir trotzdem ganz furchtbar!

Irgendwie habe ich jetzt doch das Gefühl, dass die zweihundert Kilometer uns mit der Zeit auch innerlich etwas voneinander entfernt haben. Früher verstanden wir uns blind, wirklich! Ein Blick genügte, und die andere wusste sofort, was Sache war. Inzwischen fängt Stella an, meine Meinung anzuzweifeln. »Ich finde den neuen Freund deiner Mutter eigentlich voll okay. Warum gibst du ihm nicht eine faire Chance?«, meinte sie kürzlich am Telefon.

Hä?! Dabei hat sie ihn nur ein einziges Mal getroffen, damals in unserer alten Wohnung, als er Dörte besucht und Stella übers Wochenende bei mir gepennt hat.

»Ich wünschte, die beiden bekämen Stress miteinander, würden sich trennen und wir könnten zurück nach Frankfurt ziehen«, habe ich geantwortet. Aber natürlich weiß ich, dass das wohl ein Wunschtraum bleibt.

»Mach doch nicht so ein Gesicht, mein Sonnenschein«, sagt Dörte und boxt mir pseudokameradschaftlich in die Seite. Ausgerechnet auf den blauen Fleck, den ich mir gestern geholt habe, als ich einen neuen Hip-Hop-Move üben wollte und dabei hingefallen bin. Ich stöhne. Und der Schmerz ist nur teilweise der Grund dafür: Nicht genug, dass meine Mutter mir mit *Sunny* den wohl ungewöhnlichsten Namen verpasst hat, den es unter Nicht-Promi-Kindern meines Alters so gibt, sie muss ihn auch ständig ins Deutsche übersetzen. Davor schreckt sie übrigens nicht einmal dann zurück, wenn andere dabei sind. **Das ist so peinlich!** Da braucht man als Vierzehnjährige wirklich supergute Nerven, um nicht vor Scham im Boden zu versinken. Mannomann, diese Frau kann wirklich oberblamabel sein. Manchmal ist es einfach nicht zu fassen, wie schnell sie ihr komplettes Psychowissen zu vergessen scheint, sobald sie ihre Praxisräume verlassen hat.

Zum Glück bin ich Individualistin und kümmere mich nicht groß darum, was andere über mich denken. Außerdem bin ich daran gewöhnt – insofern hat Dörtes seltsame Angewohnheit mein Selbstbewusstsein eher gestärkt als geschwächt. Und weil ich nicht einmal zusammenzucke, wenn sie mich in der Öffentlichkeit *Sonnenscheinchen* nennt, werde ich deswegen auch fast nie ausgelacht. Vielleicht ist das sogar eine List aus ihrer Psychologinnen-Trickkiste? Wer weiß.

Meist durchschaue ich ihre Absichten, so zum Beispiel jetzt: »Du bist so viel hübscher, wenn du lächelst«, versucht Dörte mich zu motivieren, als wir über den Flur gehen.

Martin lebt nämlich im Appartement direkt neben unserem. Selbes Haus, selbe Etage, aber trotzdem separat. So wie bei *The Big Bang Theory*, wo Penny gegenüber von Leonard und Sheldon wohnt. Die beiden – also Dörte und Martin, nicht die zwei Nerds aus der Fernsehserie – finden, dass ihre Beziehung auf diese Weise besser »wachsen« kann. Mir soll's recht sein. Und wenn es schiefgeht, hat man seinen Kram leichter auseinanderdividiert.

Noch scheint eine Trennung leider nicht unmittelbar bevorzustehen, schätze ich, denn Martin begrüßt uns überschwänglich: Dörte mit einem Kuss und mich mit einem misslungenen High five. Wer rechnet denn auch mit so etwas! Ich dachte, er will mir ganz förmlich die Hand schütteln, und so greifen wir beide irgendwie ins Leere.

Martin hat sogar eine Kerze auf den Küchentisch gestellt und eine CD mit romantischer Klaviermusik aufgelegt. **Und das alles morgens um zehn vor sieben!**

Während Dörte übertrieben eifrig lobt, was für eine Mühe er sich gegeben hat, registriere ich die mickrige Auswahl an Lebensmitteln auf dem Tisch, und mir schwant, dass uns das so ziemlich scheußlichste Frühstück aller Zeiten bevorsteht.

Ich habe mich nicht getäuscht: Das Brot ist steinhart, die Butter so gut wie leer, die Eier noch fast roh und der Kaffee ungenießbar. Nicht mal mit ganz viel Milch und Zucker bringe ich ihn runter. Ich glaube, ich mache mich heute mal früher auf den Weg in die Schule und kaufe mir dort was am Kiosk.

Um davon abzulenken, dass ich nur eine halbe Scheibe Brot knabbere, packe ich einen dicken Wälzer aus und fange an zu lesen.

»Aber Sunny, möchtest du dich denn gar nicht an unserem Gespräch beteiligen?«, säuselt Dörte vorwurfsvoll.

»Lass sie doch«, kommt unerwartete Unterstützung von Martin, »das ist ja alles nicht ganz einfach: neue Stadt, neue Leute – und dann auch noch ein neuer Mann im Leben der Mutter ...«

In Situationen wie diesen fällt es mir einigermaßen schwer, Martin zu hassen. Wenn ich ehrlich bin, ist er tausendmal netter und verständnisvoller als der arrogante Peter, zu dem wir damals nach München gezogen sind, oder der egoistische Wolfgang, für den wir schon ein Jahr später nach Berlin kamen, oder der verschrobene Karsten, wegen dem wir zuletzt in Frankfurt gelandet sind. Zugegeben, Martin ist halbwegs in Ordnung. Jedenfalls für einen Sozialkundelehrer, der lieber das Weltgeschehen diskutiert, als an irgendwelche Alltäglichkeiten zu denken, wie zum Beispiel Brot mitzubringen oder beim Eierkochen auf die Uhr zu sehen.

Aber ich will ihn gar nicht allzu sehr mögen. Schließlich ist er schuld daran, dass wir jetzt hier in Köln sitzen, und das nehme ich ihm echt übel!

»Ich lese nicht, weil ich ein schweres Schicksal habe, sondern weil *Die Tribute von Panem* einfach spannender sind als euer verliebtes Getue«, gebe ich etwas patziger als nötig zurück. Dass ich dabei den Mund zu einer Art Lächeln verziehe, mildert das Ganze ein bisschen ab. Bevor Dörte ein empörtes »Aber Sunny!« loslassen kann, bricht Martin in dröhnendes Lachen aus.

Na gut. Dann hat er eben auch Humor. Im Moment macht mich das aber nur noch wütender. Sogar auf Stella, weil sie mit ihrer Behauptung womöglich recht hatte, dass Martin gar kein so übler Typ ist. Vor allem aber auf Dörte, weil sie mir Stella weggenommen hat. Ach, warum ist bloß alles so kompliziert?

Ich springe auf, schnappe mir Buch und Schultasche und verabschiede mich hastig – obwohl es eigentlich noch viel zu früh ist, um zur Schule zu radeln. So früh hat noch nicht einmal der Kiosk geöffnet.

Jetzt macht auch Dörte einen auf verständnisvoll und

wünscht mir mit salbungsvoller Therapeutinnen-Stimme einen wunderschönen Schultag. Und weil sie schon mal am Reden ist, kann sie sich ihren Standard-Vortrag nicht verkneifen, so ein Umzug sei doch immer auch eine tolle Chance, interessante neue Leute kennenzulernen.

Bla, bla, bla.

Damit will sie mir die Neuanfänge jedes Mal schmackhaft machen. Mir kommt das alles nach drei Umzügen in vier Jahren eher wie eine Serie von gruseligen Wiederholungen vor …

»Dann vielen Dank für die super Chance!«, sage ich sarkastisch. »Das macht mich wahnsinnig glücklich.«

Eigentlich hätte ich direkt nach diesem Satz die Wohnung verlassen und die Tür hinter mir zuknallen sollen. Aber ich entscheide mich blöderweise dafür, zuerst noch mein Kapuzensweatshirt überzuziehen, statt einen souveränen Abgang hinzulegen, und gebe Dörte somit die Gelegenheit zu einer Antwort, die mich auf den Boden der Tatsachen zurückholt: »Ich bin sicher, du findest in null Komma nix jede Menge neue Freundinnen. Weißt du denn schon, wen du zu deinem Geburtstag einladen willst?«

»Klar. Und ich kenne auch die Lottozahlen von nächster Woche«, schnaube ich. Dann endlich fällt die Wohnungstür hinter mir ins Schloss.

Eine Minute später radele ich durch den kühlen Morgen. Es ist erst halb acht, noch eine halbe Stunde bis Schulbeginn. Für eine Millisekunde erwäge ich ernsthaft, in Richtung Hauptbahnhof abzubiegen und mir spontan ein Ticket nach Frankfurt zu kaufen. Einfach abhauen und den Tag mit Stella verbringen, das wär's jetzt!

Aber ich habe sowieso nicht genug Geld dabei, und Stella würde es garantiert niemals wagen, meinetwegen die Schule zu schwänzen. Dazu ist sie viel zu korrekt. Ich muss meinen verwegenen Fluchtplan also erst mal abschreiben und fahre doch lieber zur Schule.

02

ICH STELLE MEIN RAD AB, schultere meinen Rucksack und schlendere in Richtung Affenfelsen. So nennt man den riesigen, verwinkelten Gesteinsbrocken, der den Mittelpunkt unseres Schulhofes bildet und allerhand Platz zum Herumlungern bietet. In der großen Pause ist er immer völlig belagert, und wenn unsere Schule wirklich ein Zoo wäre (was mir manchmal so vorkommt), dann könnte man als Besucher hier die interessantesten Studien betreiben.

Natürlich gibt es, wie in jedem Rudel, eine strenge Hackordnung. Die coolsten Schüler aus der Oberstufe thronen ganz oben. Unten, auf den billigen Plätzen, machen es sich die Zehntklässler gemütlich. Als Unterstufenschüler hat man nicht die geringste Chance auf einen Platz, und auch ich habe bisher noch nie hier gesessen, obwohl ich immerhin schon in die Neunte gehe. Aber heute bin ich als Erste da und habe den Felsen für mich allein. Ich klettere ganz nach oben, setze mich mit angewinkelten Beinen auf den kühlen Stein und umfasse meine Knie mit beiden Armen. Die Spätsommersonne taucht den Schulhof in warmes Licht und wärmt meinen Rücken. Scheint ein schöner Tag zu werden. Ein **Sunny Day**, wie Stella immer sagt, wenn das Wetter gut ist. Oder auch, wenn es an trüben Herbst- und Wintertagen regnet oder schneit, aber wir gemeinsam so richtig viel Spaß haben. »**Freundschaft ist, als ob immer die Sonne scheint**«, behauptet Stella dann.

Wenn diesmal der Sommer endgültig vorüber ist, muss ich die dunklen, kalten Tage ohne meine beste Freundin überstehen. Ich kriege schon eine Gänsehaut, wenn ich nur daran denke. Da fällt mir Stellas E-Mail von gestern Abend ein. Ich habe sie bestimmt fünf Mal gelesen. Erst ungläubig, dann ein kleines bisschen enttäuscht und schließlich beleidigt.

Du musst Dich mit der Situation abfinden, Sunny. Und deshalb brauchst Du dringend eine Freundin in Köln. Oder willst Du etwa immer alleine herumhängen?

Wie bitte? Fast könnte man glauben, sie hätte sich mit Dörte abgesprochen! Das war jedenfalls mein erster Eindruck. Doch dann kam mir ein noch viel erschreckenderer Gedanke: Mooooment: Hat sich Stella etwa schon eine neue beste Freundin gesucht? Als Ersatz für mich? Bestimmt hat sie Gewissensbisse und würde sich besser fühlen, wenn ich es ihr nachmache. Kommt gar nicht infrage!

Zugegeben, ich habe mal wieder das ganze Wochenende allein in meinem Zimmer verbracht. Aber ich fand's cool. Ehrlich. Stundenlang habe ich gelesen und neue

Tanzschritte geübt. Ganz in Ruhe. Und obwohl mir Stella sehr fehlt, habe ich in den letzten achtundvierzig Stunden wirklich niemanden vermisst. Weder zum Lesen noch zum Tanzen brauche ich eine neue Freundin.

Zumindest hätte ich genau das noch gestern Abend geschworen. Auf all meine Lieblingsbücher und sämtliche Hip-Hop-CDs in meinem Regal! Aber jetzt, auf dem Affenfelsen, kommen mir doch leise Zweifel an dieser Theorie. Brauche ich wirklich keine Freunde? Oder weiß ich bloß nicht, wie ich welche finden soll?

Okay, ich geb's zu: Selbst wenn ich das Projekt **New Best Friend** in Angriff nehmen wollte, wüsste ich nicht, wie ich das anstellen soll.

Kritisch lasse ich meinen Blick in Richtung Schultor schweifen, durch das nach und nach immer mehr Jungs und Mädchen hereinströmen. Dörtes Frage von vorhin fällt mir wieder ein: »Weißt du denn schon, wen du zu deinem Geburtstag einladen möchtest?« Als ob das so leicht zu beantworten wäre. **Meine Mutter hat echt keine Ahnung …**

Vielleicht ist es Zufall, vielleicht liegt es auch an Köln oder an dieser Schule, aber ich kann mit den Leuten hier einfach nichts anfangen.

Dabei bin ich eigentlich ziemlich normal. Ich mag Bücher und Hip-Hop, ich bin eine mittelmäßige Schülerin, wenn man von meinen guten Noten in Deutsch absieht; meine braunen, halblangen Haare binde ich meistens zu einem Pferdeschwanz zusammen, und ich trage am liebsten Jeans, Chucks und Shirts. Darin fühle ich mich einfach am wohlsten. Außerdem bin ich, solange ich denken kann, immer wieder irgendwo **die Neue**.

Aber eigentlich ist es auch kein Wunder, dass ich so wenig Leute kenne. Mit einem Vater, der sich schon vor meiner Geburt aus dem Staub gemacht hat, und einer Mutter, mit der ich ständig umziehen muss, habe ich nie wirklich eine Chance, mich irgendwo zu Hause zu fühlen. Jedenfalls bis ich nach Frankfurt kam und Stella kennenlernte. Doch dieses Kapitel gehört ja leider der Vergangenheit an. Vielleicht war es dort auch zu schön, um wahr zu sein.

Andere hätten vielleicht einen Horror davor, aber für mich ist das Routine: Mal wieder vor einer fremden Klasse zu stehen, von fünfundzwanzig Augenpaaren gemustert zu werden und »Hallo, ich bin Sunny Baltumeit« zu sagen – eine meiner leichtesten Übungen. Auf »Huch, was ist denn das für ein seltsamer Name?« mit einem Lächeln zu reagieren, das fast gar nicht gequält wirkt – ein Kinderspiel. Mir in kürzester Zeit zu merken, wie sämtliche Mitschüler und Lehrer heißen, und mich nicht zu ärgern, wenn ich ständig mit »Sonja« angesprochen werde – nicht der Rede wert.

Aber in dieser Schule neue Freunde zu finden – das scheint mir eine **Mission Impossible** zu sein.

Womit ich nämlich überhaupt nichts anfangen kann: Glitzernagellack (ich bin doch keine Christbaumkugel), Schuhe mit Absätzen (Sturzgefahr!), affiges Getue, wenn Jungs in der Nähe sind (als ob die das gut fänden ...) und albernes Tussigehabe. Wann immer das Gespräch auf irgendwelche Teeniestars, Castingshows, Make-up oder Modetrends kommt, schalten meine Ohren auf Durchzug. **Das Problem ist:** So ziemlich alle Mädchen aus meiner Klasse reden die meiste Zeit über nichts anderes. Ja, wirklich! Wenn ich mich auf dem Schulhof so umschaue, fällt mir beim besten Willen niemand auf, mit dem sich ein Gespräch lohnen würde – von einer Freundschaft ganz zu schweigen.

Oh, jetzt nähern sich Clara, Marie und Sarah dem Affenfelsen. Bestimmt unterhalten sie sich gerade über den neuesten Promi-Klatsch. Darauf stehen die drei. Oder darüber, in welcher Boutique gerade welche Markenklamotten reduziert sind.

Und da kommt auch Lisa angestöckelt, die absolute Obertussi. Ihr Vater ist Herr Sperling, unser stellvertretender Schuldirektor, und allein schon deshalb glaubt sie, etwas Besonderes zu sein. Dabei ist sie einfach nur besonders dämlich. Vor allen Dingen im Unterricht. Wenn sie ausnahmsweise einmal nicht heimlich unter der Bank mit ihrem Handy spielt, sondern sich zu Wort meldet, sagt sie meistens so unfassbar hirnverbrannte Dinge, dass ich die Selbstbeherrschung der Lehrer bewundere. Ganz ehrlich: Ich an deren Stelle bekäme regelmäßig Lachkrämpfe, wenn Lisa mal wieder einen ihrer Doofsprüche loslässt.

Neulich in Erdkunde zum Beispiel, da hat sie doch glatt behauptet, der Äquator sei die gedachte Linie zwischen Nord- und Südpol. Von dem Wort **Erdachse** hatte sie noch nie etwas gehört. »Ist das nicht eine Reptilienart?«, kommentierte sie nur erstaunt, bevor sie sich wieder ihrem Smartphone widmete, dessen lautloses Vibrieren gerade den Eingang einer SMS ankündigte. Unmöglich, dass unser Erdkundelehrer das übersehen hat! Ich möchte wetten, dass man Lisa nur deshalb alles durchgehen lässt, weil ihr Vater an dieser Schule für die Stundenpläne zuständig ist. Wer nicht nett zu seinem Fräulein Tochter ist, hat anscheinend Angst, das anschließend mit unangenehmen Vertretungsstunden ausbaden zu müssen.

Ja, Lisa ist schon eine Nummer für sich. Unter allen Mädchen ist sie diejenige, die am allerwenigsten als Freundin infrage kommt.

Aber die Jungs sind auch nicht viel besser. Ihr Themenspektrum ist ebenfalls extrem eingeschränkt. Wenn ich mir Ben, Alex und Timm so anschaue, fallen mir eigentlich nur drei Dinge ein, für die sie sich interessieren: Sport, Autos und Computerspiele. Gäääääähn!

Am allerschlimmsten ist es übrigens, wenn beide Lager versuchen, sich gegenseitig zu beeindrucken, sprich: Wenn das schrille Kichern der Mädchen mit wildem Gegröle der Jungs beantwortet wird: **Dann ist echt Fremdschämen angesagt!**

Vielleicht sind in den Parallelklassen interessantere Leute? Ich nehme mir vor, ein paar Vorstöße zu wagen und über die 9 a hinaus weitere Mädchen (und vielleicht auch Jungs) kennenzulernen. Am besten, ich besuche irgendeine der AGs. Leider wird Hip-Hop nicht angeboten, das habe ich schon gecheckt. Am ähnlichsten wäre noch Gardetanz, aber als Funkenmariechen an Karneval sehe ich mich nun wirklich nicht. Dann schon eher als Ersthelferin (obwohl ich kein Blut sehen kann) oder als

Imkerin (obwohl ich auf Bienengift allergisch reagiere). Oder ich melde mich in der Schülerzeitungs-AG an, denn schreiben hat mir schon immer viel Spaß gemacht. Mal sehen.

Als es zur ersten Stunde klingelt, klettere ich vom Affenfelsen herunter und werde Teil der Masse, die in Richtung Eingang strömt. Plötzlich wird mir klar, dass ich hier, inmitten von mehreren Hundert anderen Jugendlichen, ziemlich einsam bin. Wenn ich ganz ehrlich bin, wünsche ich mir tatsächlich nichts mehr, als endlich Freundinnen zu finden. Mit denen ich lachen, blödeln, träumen, herumspinnen und Pläne schmieden kann. Ganz kurz ziehe ich in Erwägung, mir diese Woche jede Castingsendung anzuschauen, die in der Glotze läuft, nur um auch mal mitreden zu können. Aber dann sehe ich ein, dass das völliger Blödsinn wäre. Was hätte ich davon, über Zeug zu quatschen, das mich weniger interessiert als das Wetter in der Mongolei? Was ich mir tatsächlich wünsche, ist eine Freundin, die sich für meine Tanzmoves interessiert, die ähnliche Musik mag wie ich und mit der ich mich über Bücher unterhalten kann. Ist das etwa zu viel verlangt?

In den ersten beiden Stunden kann ich es mir leisten, mit den Gedanken ganz woanders zu sein und trotzdem nicht aufzufallen. In Geschichte wird gerade die Französische Revolution durchgekaspert. Mit dem Thema waren wir in Frankfurt gerade durch, bevor wir umzogen. Das ist der Vorteil eines Schulwechsels: nur einmal lernen und zum gleichen Thema zweimal eine gute Note absahnen. Aber leider kommt auch der umgekehrte Fall vor. Ausgerechnet in Mathe waren wir an der alten Schule im Stoff nicht so weit wie hier. Das darf ich jetzt alles nachholen. **Danke, Dörte.**

Kurz bevor es zur großen Pause klingelt, habe ich mehrere Entschlüsse gefasst:

Erstens: Ich werde ernsthaft versuchen, eine Freundin zu finden.

Zweitens: Ich werde Stella einladen! Vielleicht kann sie mich ja in den Herbstferien besuchen?

Drittens: Ich werde einen Verein oder ein Tanzstudio suchen, in dem Hip-Hop-Kurse angeboten werden. Immer nur alleine trainieren macht ja auch keinen Spaß. Und vielleicht lerne ich bei der Gelegenheit ein paar coole Leute kennen, mit denen ich mich anfreunde und die ich zu meinem Geburtstag einladen könnte? Sie müssen ja nicht unbedingt auf meine Schule gehen.

Viertens: Nein, kein viertens. Drei Vorhaben genügen vorläufig voll und ganz!

Als ich auf den Schulhof komme, ist der Affenfelsen schon wieder komplett bevölkert. Keine Chance, einen Platz darauf zu erobern. Weil es sowieso gerade anfängt zu regnen (von wegen **Sunny Day**), mache ich mich lieber auf den Weg zur Schulbibliothek, die montags in den Pausen geöffnet hat. *Die Tribute von Panem* habe ich fast ausgelesen, mal schauen, ob ich spannenden Nachschub finde.

Als ich mich gegen den Strom durch die Menge schiebe,

hören ich, wie Alex und Timm von einer voll fetten Limousine schwärmen, die sie angeblich haben vorfahren sehen, während Lisa den Mädchen ganz aufgeregt von einer TV-Show erzählt, in der es um vielversprechende Nachwuchskünstler geht. Sie formuliert es allerdings etwas anders und spricht von **superkrassen Täääälents**. Ich verdrehe die Augen und verschwinde lieber in Richtung Bücherei.

03

KOMMT ES MIR NUR SO VOR, oder ist es vor Beginn der nächsten Stunde in unserem Klassenraum viel unruhiger als sonst? Ich kann mich auch täuschen, denn ich versuche gerade vergeblich, mich auf französische Vokabeln zu konzentrieren. Und das aus gutem Grund: Ich habe nämlich das dumpfe Gefühl, dass wir bald einen Test schreiben. Über *faux amis* – falsche Freunde. Und damit meine ich jetzt nicht meine Probleme, in der neuen Schule Anschluss zu finden, sondern das Phänomen, dass man manche Vokabeln automatisch falsch übersetzt – weil sie so ähnlich klingen wie ein deutsches Wort, aber leider etwas völlig anderes bedeuten, als man spontan vermuten würde.

Mist, und ich kann mir einfach nicht merken, dass *batterie* auf Deutsch »Schlagzeug« heißt und mit *infusion* ganz einfach ein Tee gemeint ist. Ganz zu schweigen von *régal*, das man mit »Festmahl« übersetzt, während das deutsche »Regal« auf Französisch *étagère* heißt. **Als ob das Leben nicht schon kompliziert genug wäre!** Die spinnen, die Franzosen, echt …

Das Gekicher und Geschnatter um mich herum kommt

mir wirklich laut vor. Was ist nur heute los? Neugierig klappe ich mein Vokabelheft zu und schnappe ein paar Wortfetzen auf: »eigene Fernsehsendung«, »Chauffeur«, »voll viel PS«, »kennt bestimmt ganz viele Stars« höre ich heraus. Nicht nur Lisas Clique, sondern auch die Jungs scheinen sich für das Thema zu begeistern. Worum es genau geht, ist mir zwar noch immer nicht klar, aber eins steht fest: Mich interessiert es so was von gar nicht. Deshalb schlage ich mein Heft wieder auf und richte meine Aufmerksamkeit erneut auf die falschen Freunde. »*La batterie* – das Schlagzeug. *Le clavier* – die Tastatur. *L'infusion* …«, murmele ich vor mich hin.

In diesem Moment geht ein kollektiver Aufschrei durch die Klasse, und der letzte, magere Rest meiner Konzentration ist dahin. Als ich irritiert aufblicke, sehe ich den Anlass für diesen kindischen Kreischalarm: **eine schlaksige Gestalt ganz in Schwarz.** Ihr mürrischer Gesichtsausdruck steht in krassem Kontrast zu dem begeisterten Jubel der Klasse. Ausdruckslos starrt sie uns aus großen, erstaunlich grünen Augen an. Ich starre zurück, denn ich habe noch nie im Leben eine Neuntklässlerin mit blauen Strähnen in den Haaren gesehen. Und obwohl das in unserer Schule streng verboten ist, kaut sie ungeniert Kaugummi. **Krasser Auftritt.**

Was noch krasser ist: Neben dem Mädchen mit den blauen Haaren hat sich kein Geringerer als Herr Sperling in Positur gebracht, unser stellvertretender Direktor, der zugleich Lisa Spatzenhirns Vater ist. Er fuchtelt hektisch mit den Armen herum, als wolle er einen Schwarm Insekten vertreiben, die um seinen hochroten Kopf schwirren. Damit will er wohl signalisieren, dass er etwas Bedeutendes zu sagen hat.

»Liebe Schülerinnen und Schüler«, fängt er an, »darf ich vorstellen: Luna Friedrich! Luna, im Namen der gesamten Schulgemeinschaft heiße ich dich herzlich willkommen in der 9 a. Und nun: Applaus für Luna Friedrich!«

Ich bin fassungslos. Warum in aller Welt führt sich der Sperling auf wie der Moderator einer drittklassigen Gameshow? Wieso klingt er, als würde er der 9 a gerade einen Hauptgewinn verkünden? Und weshalb wird die neue Schülerin überhaupt so stürmisch bejubelt?

Meine Mitschüler klatschen und pfeifen, einige rufen »Lu-na, Lu-na, Lu-na«, als wollten sie sie zu sportlichen Höchstleistungen anfeuern. Der stellvertretende Direktor strahlt über beide Ohren, als gelte der Applaus ihm selbst.

Dass Herr Faber, unser glatzköpfiger Französischlehrer, der inzwischen ebenfalls die Klasse betreten hat, immer wieder »Kinder, nun beruhigt euch doch endlich« sagt, bemerkt ganz offensichtlich keiner außer mir.

»Heute ist der wunderbarste Tag meines Lebens«, quiekt Clara und wedelt mit beiden Händen hektisch vor ihrem Gesicht auf und ab, so wie es amerikanische Serienschauspielerinnen tun, wenn sie zum Ausdruck bringen wollen, dass sie gleich in Tränen ausbrechen.

»Das glaubt mir meine Schwester niemals«, brüllt Timm, der sich sonst eigentlich nur für Computerspiele interessiert.

Ähm. Geht's noch? Sind denn auf einmal alle übergeschnappt?

Ich erinnere mich an meinen ersten Schultag an dieser Schule, nach den Sommerferien, als unsere Klassenlehrerin mich – übrigens ohne jegliche Unterstützung der Schulleitung – als **die Neue** vorstellte. Damals lag nicht unbedingt Begeisterung in der Luft. Im Gegenteil: Meine Mitschüler zeigten sich alles andere als erfreut darüber, meinetwegen ihre Privatgespräche unterbrechen zu müssen, denn viel lieber, als mich zu begrüßen, hätten sie sich weiter über ihre Ferienerlebnisse ausgetauscht. »Hi, Sunny«, sagten sie mehr oder weniger beiläufig und wandten sich dann wieder interessanteren Themen zu.

Von allen ersten Momenten in einer neuen Klasse, die ich hinter mir habe, war dieser der frustrierendste. Mit Abstand! Zum Glück hatte ich genug Selbstbewusstsein, um sofort zu checken, dass nicht ich zu bedauern war, sondern die anderen. Denn ihnen fehlt das, was Dörte **emotionale Intelligenz** nennt. Oder, wie Omi es formulieren würde, **Herzensbildung**. Man kann natürlich auch ganz einfach sagen, dass sie sich aufgeführt haben wie lauter oberflächliche Würstchen.

Fragt sich nur, warum dieselben Würstchen, die mich vor wenigen Wochen so gelangweilt begrüßt haben, heute regelrecht ausflippen.

Was hat Luna, was ich nicht habe?

Okay, blaue Haarsträhnen natürlich, klar. Doch das ist eine Äußerlichkeit. Daran kann es nicht liegen. Aber woran sonst? Ich will es wirklich wissen und fange jetzt an, diese Luna Friedrich aufmerksamer zu beäugen. Während ich innerlich darüber grinse, dass sie nun **die Neue** ist und nicht mehr ich, fällt mir auf, dass ich sie anstarre. Und dass sie das bemerkt hat, denn sie starrt zurück. Erschrocken registriere ich das wütende Funkeln in ihren Augen. Ist sie etwa beleidigt, weil ich nicht mitjubele? Aber warum sollte ich? Wie sich die anderen aufführen, ist doch nicht normal! Für einen kurzen Moment habe ich das Gefühl, von Bekloppten umgeben zu sein. Nur Luna und ich sind bei Verstand. Und beide schlecht gelaunt. Ich, weil ich alles dafür geben würde, zurück zu Stella nach Frankfurt zu dürfen, aber leider weiß, dass ich hierbleiben muss, wo ich **nicht einmal falsche Freunde** habe. Und Luna, weil … ja, warum eigentlich? Sie hat doch keinen Grund, so ein grantiges Gesicht zu ziehen. Und doch presst sie ihre ziegelrot geschminkten Lippen fest aufeinander, ganz so, als wollte sie mit Gewalt verhindern, dass sie aus Versehen lächelt. Oder dass sie sich übergeben muss. Oder was auch immer.

Ganz plötzlich überkommt mich der zugegebenermaßen kindische Wunsch, Luna die Zunge rauszustrecken. Ich wünschte, ich könnte ihn unterdrücken, aber es gelingt mir einfach nicht.

Bääääh!

Luna wirkt verblüfft und scheint fast ein wenig belustigt zu sein. Außer ihr hat zum Glück niemand meine Grimasse mitbekommen. Natürlich wünschte ich, sie hätte die Sache nicht bemerkt oder, noch besser, ich hätte mich beherrscht. Aber für Reue ist es jetzt leider zu spät. Ich werde ein bisschen rot und gucke schnell woanders hin.

Nachdem Herr Sperling einen wichtigtuerischen Abgang hingelegt hat, sinkt der Geräuschpegel langsam wieder auf Normalniveau. Endlich hat sich die Klasse so weit beruhigt, dass unser Französischlehrer Gehör findet. »Kinder, Kinder«, wiederholt Herr Faber erneut, doch im Gegensatz zu vorhin geht seine Stimme jetzt nicht mehr im allgemeinen Radau unter. Und dann sagt er die Worte, die mich zusammenzucken lassen: »Luna, du kannst dich gleich hier vorn hinsetzen. Neben Sunny ist noch ein Platz frei.«

Nein. Oh nein! Nicht ausgerechnet neben mich ... Nicht, nachdem ich der Neuen die Zunge herausgestreckt habe. Die muss mich ja für völlig bescheuert halten!

Andererseits: Alle anderen Plätze sind belegt, ich bin die Einzige in der Klasse ohne Banknachbarn. Bisher jedenfalls. Schnell räume ich meine Französischsachen, die ich vorhin großzügig auf dem Tisch vor mir ausgebreitet habe, zusammen, um Platz für Luna zu schaffen. Die Blicke der anderen bohren sich wie Pfeilspitzen in meinen Rücken. **Neid pur!** Wenn ich nur wüsste, wieso. Die tun ja fast so, als wäre Luna Friedrich eine Berühmtheit.

Ohne mit der Wimper zu zucken, kommt sie zu meinem – ab jetzt: unserem – Tisch und lässt sich lässig auf den Stuhl neben mir sinken. In dieser Sekunde wird mir schlagartig klar, dass sie und ich ganz schön viel gemeinsam haben: Wir sind beide neu hier, wir haben in dieser Schule noch keine Freunde, und wir ertragen es beide relativ souverän, von den anderen angestarrt zu werden.

Wer weiß? Vielleicht sind wir ja auf einer Wellenlänge? Womöglich freunden wir uns sogar an?

Ich kann mir gerade selbst nicht mehr erklären, warum ich Luna eben die Zunge rausstrecken wollte. Muss wohl eine Fehlhandlung im Affekt gewesen sein. Dörte könnte das sicher mit allerhand psychologischen Fachbegriffen erklären. Wahrscheinlich hat mich das Gebrüll der anderen so verwirrt, dass es in meinem Kopf zum Kurzschluss kam. Ich muss das wiedergutmachen, am besten sofort!

Versöhnlich lächele ich Luna zu. »Sorry für eben, ich weiß auch nicht, was da über mich gekommen ist. Ich bin übrigens Sunny.«

Zugegeben, das war jetzt nicht besonders geistreich, denn meinen Namen hat Herr Faber ja eben schon erwähnt. Aber besser, Luna hält mich einfach nur für ein bisschen einfallslos als für unhöflich.

Doch statt zurückzulächeln, faucht Luna mich entnervt an: »Und jetzt willst du wohl ein Autogramm, oder was?«

Wohoooo! Was ist denn in die gefahren? Ist ihr der lächerliche Willkommensapplaus von vorhin zu Kopf gestiegen?

»Du tickst ja nicht ganz richtig«, sage ich und beschließe, meine neue Banknachbarin vorerst einfach zu ignorieren. So eine arrogante Ziege! Hält sich wohl für was Besseres. **Tssss.**

Wir schreiben heute keinen Test. Stattdessen fragt Herr Faber die Vokabeln mündlich ab. Komischerweise kann er sich vor lauter Wortmeldungen kaum retten. Außer Yara, einem Französisch-Genie, beteiligt sich normalerweise niemand freiwillig am Unterricht. Heute ist das komplett anders. Als hätte jemand der ganzen 9a eine Gehirnwäsche verpasst und nur die Bank vorne links wäre wie durch ein Wunder davon verschont geblieben. Luna meldet sich kein einziges Mal. Seit sie mich vorhin so dämlich angefahren hat, schweigt sie vor sich hin. Ich werde einmal aufgerufen, obwohl ich den Finger nicht gehoben habe, und blamiere mich ziemlich, denn ich verwechsele *batterie* mit *infusion* und behaupte, Letzteres bedeute auf Deutsch »Schlagzeug«. Die Klasse brüllt vor Lachen, nur Herr Faber ist überhaupt nicht *amusé*, und auch Luna verzieht keine Miene.

Dann ist Fünfminutenpause, und Luna verschwindet in Richtung Toilette. Man könnte fast meinen, sie will bloß von niemandem angesprochen werden, denn exakt zu Beginn der nächsten Stunde taucht sie wieder auf.

Ich bekomme mit, dass sich die anderen die Mäuler darüber zerreißen, dass der Neuen ausgerechnet der freie Platz neben mir zugewiesen wurde, tue aber so, als sei ich in mein Mathebuch vertieft. Seltsamerweise scheinen mich alle anderen um die zweifelhafte Ehre zu beneiden, mich von Luna blöd anlabern zu lassen. Unfassbar! Als wäre es etwas Besonderes, neben so einer eingebildeten Tussi sitzen zu müssen. Ich würde jedenfalls gerne darauf verzichten.

In der zweiten großen Pause kann Luna es nicht verhindern, auf dem Schulhof belagert und bestaunt zu werden wie ein mittleres Weltwunder. Kopfschüttelnd beobachte ich die Szene vom Affenfelsen aus. Unfassbarerweise ist dort nämlich jede Menge Platz, denn sogar die Oberstufenschüler scharen sich um Luna.

In diesem Moment dämmert mir, dass es nur eine logische Erklärung dafür geben kann, dass sich alle benehmen, als sei Luna irgendwie berühmt: Sie **ist** berühmt!

04

Liebe Stella,

ich hoffe, dass es Dir besser geht als mir. Auch wenn ich eigentlich nicht jammern will: Heute ist so ziemlich der schrecklichste Tag meines Lebens gewesen! Erst musste ich mit Dörte bei ihrem neuen Lover frühstücken, der zwar ein Gutmensch ist, aber dafür nichts Gutes im Kühlschrank hat, dann habe ich eine Fünf in Biologie bekommen, weil ich die Hausaufgaben nicht dabeihatte, und schließlich erwartete mich zu Hause statt einem leckeren Mittagessen nur ein Zettel von Dörte: »Gehe heute Mittag mit Martin Sushi essen, zur Feier unseres Kennenlerntages. Habe dir eine Fertigpizza gekauft. Lass sie dir schmecken, mein Sonnenschein!«
Leider ist mir die Pizza verbrannt, weil ich im Internet etwas gegoogelt und die Zeit darüber vergessen habe.
Aber das Allerübelste habe ich übersprungen: Wir haben eine neue Mitschülerin bekommen. Sie sieht aus wie eine Manga-Figur mit chronisch schlechter Laune und ist arroganter als die Katarius-Zwillinge aus unserer – beziehungsweise Deiner – Parallelklasse.
Die Neue heißt Luna Friedrich und scheint so etwas wie ein Promi-Girl zu sein. Die ganze Schule ist ausgeflippt, als

sie auftauchte, sogar der stellvertretende Schulleiter hat sich aufgeführt wie ein Zirkusdirektor, während die Schüler herumschrien wie hysterische Fans kurz vor der Ohnmacht. Und bevor Du fragst: Nein, ich übertreibe kein bisschen! Blöderweise sitzt sie auch noch neben mir. Ich wollte wirklich nett sein, aber sie hat mich dermaßen angeblafft, dass ich keine Lust mehr darauf habe, mir Mühe mit ihr zu geben. Echt nicht!

Ach, Süße, ich will einfach nur hier weg! Zurück nach Frankfurt, in meine alte Schule und zu Dir ...
Wenn jetzt eine Fee auftauchen würde und ich drei Wünsche frei hätte, müsste ich nicht lange überlegen. Da es Feen aber leider ebenso wenig gibt wie eine zweite Stella, kann ich nur auf eins hoffen: dass sich Dörte und Martin bald verkrachen, und zwar so gründlich, dass sie sich anschließend trennen. Bestimmt könnte ich meine Mutter dann dazu überreden, wieder zurückzuziehen.
Und wenn das nicht von selbst passiert, muss ich eben notfalls nachhelfen. Am besten werde ich gleich mal einen Schlachtplan austüfteln. Falls Dir zufällig einfällt, wie man ein älteres Liebespaar entzweien kann, lass es mich wissen!

Da kommt mir eine Idee: Was hältst Du davon, mich in den Herbstferien zu besuchen? Das wäre einfach genial! Dörte ist garantiert einverstanden. Und Du musst auch Ja sagen, hörst du? Sonst gehe ich hier noch ein vor Einsamkeit :(

Ich drück Dich! Deine BFF Sunny

Ich klicke auf **Abschicken** und fühle mich sofort besser. Es tut einfach gut, eine beste Freundin zu haben, der man sein Leid klagen kann – auch wenn es nur per E-Mail ist.

Dann hole ich mir in der Küche eine Schüssel Müsli als Ersatz für die verbrannte Pizza und setze mich damit wieder vor den Computer, um mehr über meine neue Banknachbarin zu erfahren. Vorhin habe ich nicht schlecht gestaunt, wie viele Treffer die Suche nach »Luna Friedrich« ergab. Das Mädchen hat sogar eine eigene Website. Doch bevor ich die anklicke und mir ihre Selbstbeweihräucherung antue, informiere ich mich erst einmal bei Wikipedia über die Fakten. Dass es dort einen Eintrag über sie gibt, überrascht mich nun nicht mehr. Dort steht:

Luna (eigentlich: Luise-Nadine) Friedrich, geboren am 1. Mai 2000 in Köln, wurde schon im Alter von 11 Jahren als Fernsehmoderatorin bekannt. Seit 2013 hat sie eine eigene TV-Sendung mit dem Titel »Die Luna-Show«, in der sie alle vierzehn Tage aussichtsreiche Newcomerbands beziehungsweise Nachwuchssänger vorstellt und interviewt. Dabei beweist sie regelmäßig ein gutes Gespür, denn einige der Musiker, die man vor dem Auftritt in ihrer Show nicht kannte, wurden anschließend außerordentlich erfolgreich. Die junge Moderatorin wird von ihren Fans selbst wie ein Star verehrt. Sie gilt als großes Talent und als Mode-Ikone mit einem unverwechselbaren eigenen Stil.

Na großartig. Mir wird gleich übel. **Mode-Ikone** – das ist ja lächerlich! Als wäre ihr schwarzes Gothic-Outfit sooo ungewöhnlich. Und blaue Haarsträhnen kann sich jeder machen lassen. Theoretisch.

Jetzt rufe ich auch Lunas eigene Website auf, und erwartungsgemäß schaue ich in das blasse, überhebliche Gesicht mit den dunkel geschminkten Lippen und den extrem grünen Augen. Sie lächelt auch auf diesem Foto nicht. Wahrscheinlich beherrscht sie nur einen einzigen Gesichtsausdruck: eine Mischung aus Wut, Genervtheit und Arroganz.

Überschrieben ist die Seite übrigens in fetten Buchstaben mit den Worten: **LUNA, DIE JÜNGSTE UND COOLSTE TV-MODERATORIN DEUTSCHLANDS.** Von Bescheidenheit hält sie wohl nicht viel, wie es aussieht.

Ich habe genug gesehen und wende mich vom Bildschirm ab. Während ich – ohne großen Genuss – das Müsli löffele, lasse ich mir die neuen Informationen durch den Kopf gehen. Dass Luna irgendwie berühmt ist, habe ich mir ja schon gedacht. Sonst wäre sie in der Schule wohl kaum so übertrieben umschwärmt worden. Dass sie dermaßen populär ist, hätte ich jedoch nicht vermutet. Besonders beeindruckt bin ich davon allerdings nicht. Zumal ich ihre Sendung noch nie gesehen habe. Mir doch egal, welche Möchtegern-Popsternchen sie gut findet. So was interessiert mich kein bisschen.

Und überhaupt: Was bringt es einem schon, TV-Star zu sein? Besonders stimmungsaufhellend scheint das nicht zu sein, wenn man sich die miesepetrige Luna so anschaut.

Ich muss kichern, als mir einfällt, dass Luna eigentlich für Luise-Nadine steht. Dass sie ihren Künstlernamen so abkürzt, finde ich megaaffig. Soll wohl interessanter wirken. Ich nehme mir vor, sie mit vollem Namen anzureden, sobald sie mir wieder einmal blöd kommt, und sie so richtig durch den Kakao zu ziehen: »Ooooops, sorry, Luise-Nadine, hast du etwas gesagt? Mir ist so, als hätte ich irgendein Geräusch gehört, das ungefähr so nervig klingt wie deine Stimme, liebe Luise-Nadine.« Hach, ich freue mich schon darauf, sie gepflegt auflaufen zu lassen. Ganz ruhig und souverän!

Und dann werde ich ihr unter die Nase reiben, was ich vorhin – als meine Pizza im Ofen vor sich hin kokelte – in einem ziemlich kritischen Bericht gelesen habe: nämlich dass sie ihren großartigen Job beim Fernsehen nur deshalb ergattert hat, weil ihre Eltern beide ziemlich hohe Tiere im Sender sind. Kein Wunder, dass sie es als Fräulein Tochter des Geschäftsführers und der Programmleiterin leicht zu etwas bringen konnte. Jedenfalls tausendmal leichter als die Tochter einer alleinerziehenden Psychotherapeutin …

Nicht dass ich Luna beneiden würde, Gott bewahre! Ich bin einfach nur für Fairness, Gerechtigkeit und Chancengleichheit. Und ganz ehrlich: **Wie stehen meine Chancen, an dieser Schule eine Freundin zu finden, seit Luna aufgetaucht ist?**

Na?

Eben.

Themawechsel.

Ich schiebe die neue CD von *Daft Punk* in die Anlage, drehe die Musik laut und lege los. Sofort verschwinden die trüben Gedanken aus meinem Kopf. Lisa Spatzenhirn, französische *faux amis*, Luna Friedrich und überhaupt die ganze Schule sind vergessen. Ich denke nur noch an die Musik, fühle den Rhythmus und konzentriere mich auf die Tanzschritte. Zum Warmmachen übe ich *Isolation*, meinen Lieblingstanzschritt, der einfach obercool aussieht, vor allem zu schnellen Beats wie bei *Get Lucky*. Dabei versuche ich, den Oberkörper vollkommen unabhängig vom Unterkörper zu bewegen – und umgekehrt. Klingt ganz schön kompliziert? Ist es auch, jedenfalls am Anfang. Inzwischen bin ich ziemlich gut darin. Immerhin trainiere ich schon seit über zwei Jahren.

Bald fange ich an zu schwitzen und reiße mir den Kapuzenpulli vom Leib. Das T-Shirt, das ich darunter trage, ist zwar ziemlich verwaschen, aber zum Trainieren perfekt. Den Move, bei dem ich mir gestern den blauen Fleck geholt habe, wiederhole ich unzählige Male. Es ist ein ziemlich komplizierter Drehsprung, bei dem mir, wenn ich ihn zu schnell mache, leicht schwindelig wird. Heute stürze ich dabei nicht, stattdessen gelingt mir die Schrittfolge immer besser. **Yessss!**

Erst als Dörte irgendwann den Kopf ins Zimmer steckt und »Kannst du mal leiser machen?« brüllt, mache ich eine Pause. Völlig außer Atem stehe ich da und höre mir an, wie meine Mutter mir ihre Pläne für den Abend erläutert: »Martin hat Theaterkarten für den *Nussknacker* besorgt, das ist ein Ballett, du weißt, ich liebe Ballett, aber er hasst es eigentlich, darum finde ich es so was von süß, dass er mit mir hingeht, wobei das jetzt doch arg überraschend kommt, eigentlich wollte ich ja heute Abend was Schönes für uns drei kochen, aber du verstehst doch sicher, dass ich seine Einladung unmöglich ablehnen kann?«

Ich nicke stumm.

Dörte plappert weiter: »Ich bin so stolz auf dich, mein Sonnenscheinchen, dass du so verständnisvoll und klug bist, und das, obwohl du ohne Vater groß geworden bist – was heißt ohne Vater, ich meine, ohne biologischen, eine männliche Bezugsperson war ja meistens da, wenn auch nicht immer dieselbe, aber das mit Martin fühlt sich gut an, ich bin wahnsinnig zuversichtlich, dass diese Beziehung funktioniert, ich meine dauerhaft, sozusagen für die Ewigkeit, wenn du mir diese euphorische Formulierung gestattest.«

Ich nicke erneut. Wenn meine Mutter erst mal loslegt, kann man sie nur schwer unterbrechen.

»In der Küche liegen frische Brötchen, und Käse habe ich auch gekauft, Camembert und Gouda, du hast doch Lust auf Camembert und Gouda? Wir sind spätestens gegen elf zurück, na ja, vielleicht wird es auch halb zwölf, aber du wirst dann bestimmt schon schlafen, also ist es ja eigentlich egal, wann genau ich wieder da bin. Wie war eigentlich dein Tag?«

Um ein Haar wäre mir entgangen, dass Dörte mir ernsthaft eine Frage gestellt hat. »Super«, antworte ich automatisch. Für meine Probleme hat sie im Augenblick sowieso keinen Kopf. Sie würde mir höchstens etwas von **Selbstwertschätzung, persönlicher Integrität und Lebenszufriedenheit** erzählen. Darauf kann ich verzichten. Dörte versteht vielleicht, was in potenziellen Selbstmördern, Mobbingopfern oder depressiven Omas vorgeht, aber davon, wie sich eine stinknormale Vierzehnjährige fühlt, hat sie nicht die leiseste Ahnung.

Als Dörte sich in Richtung Badezimmer verabschiedet, wo sie sich nach allen Regeln der Kunst aufbrezeln wird, bin ich erleichtert. Gerade will ich die Musik wieder lauter stellen, als ein leises *Pling* eine neue E-Mail ankündigt. Neugierig schaue ich auf den Monitor: eine Nachricht von Stella. JUHU!

Hey, Sunny,

fühl Dich erst mal umarmt!
Mensch, das klingt ja wirklich alles nicht so erfreulich. Aber lass Dich nicht runterziehen: Ein so tolles Mädchen wie Du wird garantiert auch bald in Köln viele coole Freundinnen und Freunde finden. Auch wenn ein paar Leute auf eine irgendwie prominente Mitschülerin vielleicht noch etwas tussihafter reagieren, als sie ohnehin schon drauf sind.
Aber dass Du Deiner Mum ihr Glück missgönnst, finde ich ein bisschen schade. Das passt doch auch gar nicht zu Dir. Das ist nicht die Sunny, die ich kenne! Meine BFF ist großzügig, ehrlich und hat ein riesengroßes Herz.

Was die Herbstferien betrifft: super Idee – eigentlich ... Aber leider nicht durchführbar. Ich habe die Termine gleich gecheckt, nachdem ich Deine Mail gelesen hatte: Bei uns in Hessen fangen die Ferien erst an, wenn sie bei Euch in Nordrhein-Westfalen schon vorbei sind. Ganz schön blöd,

oder? Jedenfalls wird somit wohl nichts aus meinem Besuch. Aber aufgeschoben ist ja nicht aufgehoben! Ich freue mich schon riesig auf unser Wiedersehen!
Eine fette Umarmung schickt Dir Deine Stella

Was für ein verdammter Mist! Warum können die Schulferien nicht einheitlich sein? Man könnte fast meinen, die bescheuerte Behörde, die so etwas festlegt, hätte sich gegen mich verschworen. Oder besser gesagt: Das Schicksal hat sich gegen mich verschworen! Dörte mit ihrer albernen Verliebtheit in Martin, die 9 a mit ihrer lächerlichen Begeisterung für den schlechtgelauntesten Kinderstar aller Zeiten und Stella mit den hessischen Schulferien.

Nachdem sich Dörte in ihrem neuen Abendkleid präsentiert und nach einem gespielten Catwalk-Auftritt verabschiedet hat, beschließe ich, einfach mal früh ins Bett zu gehen. Es gibt nur eine einzige Möglichkeit, diesen Tag doch noch halbwegs angenehm zu beenden, und die nutze ich, indem ich lese. Ich tauche ab in die phantastische Welt einer Geschichte.

Erst als ich eine Stunde später mein Buch zur Seite lege und das Licht lösche, fällt mir ein, dass ich vollkommen vergessen habe, mich nach einem Hip-Hop-Club umzusehen.

05

SEIT EINIGEN TAGEN stürmt und regnet es draußen, als würde die Welt untergehen. Neulich ist Herr Faber, unser Französischlehrer, auf dem Nachhauseweg in einen besonders heftigen Schauer gekommen. Mit dem Resultat, dass ihn eine schwere Erkältung niedergestreckt hat und wir auf den Französischunterricht verzichten müssen: keine unregelmäßigen Verben, kein *Subjonctif*, keine *faux amis*. Mit anderen Worten – **genial**! Natürlich sollte man niemandem wünschen, krank zu werden, nicht einmal einem Lehrer. Ich beruhige mein Gewissen mit dem Gedanken, dass sich Herr Faber eine gemütliche Woche in einem weichen, warmen Bett machen und von uns Schülern erholen kann, was trotz Fieber mit Sicherheit deutlich angenehmer ist, als vor einer lernunwilligen Klasse zu stehen und den Kasper zu machen. Ebenso wie es für uns schöner ist, die Französischstunden im Aufenthaltsraum unserer Schule zu verbringen …

Ich nutze die Zeit, um den Deutschaufsatz zu schreiben, den wir eben aufbekommen haben. Umso mehr Freizeit bleibt mir heute Nachmittag. Ich knabbere am Füller, während ich darüber nachdenke, aus welchem traditionellen Märchen ich eine moderne Fantasy-Geschichte machen könnte. *Dornröschen?* Nö, diesen albernen Prinzessinnenkram überlasse ich lieber den anderen. *Die kleine Meerjungfrau?* Lieber nicht, zu traurig. Mein Blick fällt auf Luna, die mit Kopfhörern in den Ohren und geschlossenen Augen Musik hört. Ihre blau gefärbten, langen Haare bringen mich auf eine Idee: *Rapunzel,* ja, das ist cool! Aus der bösen Zauberin mache ich einfach einen gemeinen Kindesentführer, aus dem Turm ein modernes Wohnhaus und aus dem hilflosen Mädchen eine taffe Jugendliche, die sich ihre Haare abschneidet, um sich selbst zu retten.

Natürlich werde ich niemandem verraten, wer mich auf diese Idee gebracht hat, am allerwenigsten Luna. Überhaupt rede ich nur das Allernötigste mit ihr. Unser Schweigen beruht von Anfang an auf Gegenseitigkeit. Luna spricht generell kaum, sogar auf das aufgedrehte Getue der anderen reagiert sie extrem wortkarg. Und obwohl die halbe Schule scharf darauf ist, mit Luna Friedrich Freundschaft zu schließen, traut sich auch jetzt niemand, sich im Aufenthaltsraum zu ihr an den Tisch zu setzen. Ich muss grinsen. Zwar kann ich sie nach wie vor nicht leiden, aber ich bewundere ihre Taktik, sich mit ihrer abweisenden Art die aufdringlichen Fans vom Hals zu halten. Um nicht zu sagen: die Schleimer.

Dass auch ich alleine am Tisch sitze, ist dagegen nicht unbedingt das Resultat einer bestimmten Strategie, denn wenn man, wie ich, neue Freunde finden will, wäre das so ziemlich die dümmste Methode dafür. Heute allerdings macht es mir nichts aus, denn ich will mich ohnehin lieber auf meinen Aufsatz konzentrieren. Nachdem mir die Rapunzel-Idee einmal eingefallen ist, bin ich nicht mehr zu stoppen. Ich schreibe und schreibe und schreibe. Schon eine Viertelstunde später habe ich vier Seiten und grüble über einem knackigen Schlusssatz. Da bringt mich eine relativ tiefe Jungenstimme aus dem Konzept: »Darf ich dich kurz stören? Ich bin Paul Fink aus der 10 b und Redakteur der Schülerzeitung *OOOPS*. Ich würde dich gerne interviewen. Okay?«

»Okay, schieß los«, antwortet Luna. Denn natürlich gilt Pauls Frage ihr, nicht mir.

War ja klar.

Paul informiert Luna darüber, dass sie superviele Fans an dieser Schule hat, was sie mit einem gequälten Lächeln kommentiert.

»All diese Fans haben natürlich jede Menge Fragen an dich, die sie in der Redaktion eingereicht haben. Ich habe sie gesammelt und werde sie dir jetzt nacheinander stellen, wenn du einverstanden bist.« Er deutet auf einen Stapel rosafarbener Karteikarten, die er in den Händen hält und auf denen die besagten Fragen offenbar notiert wurden.

»Klar, los geht's«, ermuntert Luna ihn. Für ihre Verhältnisse ist sie nahezu freundlich. Ich frage mich, ob sie sich nur deshalb zusammenreißt, weil Interviews generell wichtig sind für ihre Karriere, oder ob sie auf diesen Paul steht. Wäre durchaus möglich, denn er ist ziemlich süß mit seinen dunklen, wuscheligen Haaren und der lustigen Nickelbrille. In ein paar Jahren wird er garantiert aussehen wie Ted Mosby aus *How I met your mother*, meiner Lieblingsserie.

Zuerst interessiert mich dieses Interview überhaupt nicht. Aber ich kann nicht verhindern, dass ich alles mithöre, schließlich sitze ich direkt daneben. Dann amüsiere ich mich königlich über die unmöglichen Fragen der Fans. Paul liest sie mit ernster Miene vor, aber ich höre heraus, dass sie ihm teilweise peinlich sind. Vor allem die nach Lunas Lieblingsdessert, nach der Farbe ihrer Unterwäsche und nach ihrem ersten Kuss. Innerlich muss ich grinsen über so viel Oberflächlichkeit. Luna antwortet übrigens recht souverän, wenn auch kurz und knapp: »Schokoeis«, »Weiß« und »Den hat mir meine Mum gegeben – gleich nach meiner Geburt«.

Sie scheint dämliche Interviews gewohnt zu sein.

Eine halbwegs vernünftige Antwort auf die hirnverbrannte Frage, ob sie noch an den Weihnachtsmann glaube, fällt aber selbst Luna nicht spontan ein. Sie schaut sich Hilfe suchend im Raum um, so als wäre dort irgendwo eine Eingebung zu erwarten. Plötzlich begegnen sich unsere Blicke. Sofort senke ich die Augen und tue so, als würde ich meinen Aufsatz überarbeiten. Ich fühle mich ertappt und ärgere mich darüber, dass ich so neugierig war und die Szene heimlich beobachtet habe. Jetzt denkt Luna bestimmt, dass ich sie anhimmele. Dabei fand ich die Situation eben einfach nur urkomisch. Das wird ja wohl erlaubt sein!

Es dauert nicht lange, da schaue ich doch wieder hin. Denn Paul beginnt nun, nachdem er den rosafarbenen Zettelstapel abgearbeitet hat, das eigentliche Interview. Jetzt stellt er die Fragen, die er sich selbst überlegt hat, und die sind wirklich interessant.

»Was macht für dich eine aussichtsreiche Newcomerband aus?«, will er wissen. »Ist es die Choreografie, sind es die unverwechselbaren Outfits, ist es die Qualität der Gesangsstimmen, oder sind es die Inhalte der Songs?«

Da muss Luna nicht überlegen: »Man spürt einfach, ob eine Band bloß ans Geldverdienen denkt und unbedingt berühmt werden will, nur um Promi-Status zu erlangen, oder ob es ihr um die Liebe zur Musik geht. Dann ist es den Musikern nämlich egal, wie den Leuten ihre Choreo gefällt, ob man ihre Klamotten und ihre Stimmen mag oder ihre Songs gut findet. Weil es ihnen einzig und allein darauf ankommt, voll und ganz hinter dem zu stehen, was sie selbst auf der Bühne tun. Solche Bands machen echte, ehrliche Musik, die mich berührt.«

Wow. Luise-Nadine spricht in ganzen Sätzen! Und sie sagt Dinge, die sich sogar halbwegs vernünftig anhören. Paul muss ein Zauberer sein, denn ganz offenbar hat er diese sensationelle Wandlung bewirkt. Auf jeden Fall ist er ein ausgesprochen cooler Typ, der mir von Minute zu Minute besser gefällt. Ich registriere, dass er einen Ohrring trägt, und obwohl ich das bei Jungs an sich überhaupt nicht mag, finde ich den Stecker an Paul gar nicht so übel. Wenn er nachdenkt, fährt er sich mit der linken Hand durch die Haare, was seinen Wuschel-Look erklärt, und wenn er zuhört, richtet er seine volle Aufmerksamkeit auf sein Gegenüber. In diesem Fall: auf Luna.

Ich spüre leichte Eifersucht in mir aufsteigen und rufe mich selbst zur Ordnung: Du spinnst wohl, Sunny! Der Typ macht einfach bloß ein Interview mit Luna. Und von dir will er sowieso nichts wissen.

Bevor ich mich total zum Affen mache, senke ich meinen Blick wieder und tue so, als wäre ich auf mein Deutschheft konzentriert. Doch meine Aufmerksamkeit gilt weiterhin Paul, der jetzt seine nächste Frage stellt: »Wo findest du eigentlich all die Newcomer, die du in der *Luna-Show* vorstellst?«

»So oft es geht, fahre ich zu Festivals, meistens zusammen mit meinen Eltern, die große Musikfans sind. Aber natürlich lese ich auch jede Menge Blogs und habe schon so einige Geheimtipps auf *YouTube* entdeckt.«

Das klingt nach richtig viel Arbeit. Auch wenn sie bestimmt Spaß macht. Gegen meinen Willen fange ich an, Respekt für Luna zu empfinden. Ganz offenbar hat sie es echt drauf! Natürlich verdankt sie es ihren Eltern, dass sie überhaupt die Chance zu einer TV-Karriere bekommen hat. Aber ohne Talent, Fleiß und Durchhaltevermögen wäre sie auf Dauer bestimmt nicht so erfolgreich.

Ich finde es fast ein bisschen schade, als Paul sich bei Luna für das Gespräch bedankt, denn inzwischen ist er mir richtig sympathisch. Außerdem sieht er wirklich ganz knuffig aus. Und er ist eindeutig nicht so beschränkt wie die Jungs aus meiner Klasse.

Doch dann rutscht mir fast das Herz in die Hose, denn Paul steuert schnurstracks auf meinen Tisch zu. Womöglich ist ihm mein Geglotze aufgefallen, und er will mir jetzt ein paar Takte zum Thema Respekt und Privatsphäre erzählen. Oder findet er mich etwa hübsch und bittet mich gleich um ein Date?

Jetzt setzt er sich zu mir an den Tisch und lächelt mich an.

Ich werd verrückt!

Gleich wird er mich fragen, ob ich am Wochenende schon was vorhabe. Am liebsten würde ich mit ihm ins Kino gehen. Oder ist Kino schon zu viel? Immerhin kann man im Dunkeln prima Händchen halten. Und küssen. Womöglich hält er mein Interesse an Filmen für eine Einladung, ihm alles zu erlauben? Nein, besser, wir gehen in ein Restaurant. Dabei kann man wenigstens checken, ob ein Junge anständig essen kann, ohne sich zu bekleckern, zu rülpsen oder mit vollem Mund zu reden. Ich kann nur hoffen, dass er mich auf eine Pizza einlädt. Oder wenigstens auf ein Sandwich.

»Du bist Sunny, stimmt's?«, fragt Paul.

Ich glaub's ja nicht: Er kennt sogar meinen Namen! Ich kann ihm nicht erst eben aufgefallen sein. Nein, er muss sich schon vorher nach mir erkundigt haben.

»Die Leser der Schülerzeitung *OOOPS* möchten von dir wissen, wie es ist, direkt neben einem berühmten Fernsehstar zu sitzen«, sagt Paul. Besser gesagt: Er liest die Frage von einem dieser bescheuerten rosafarbenen Karteikärtchen ab.

Wenn ich nicht schon gesessen hätte, würde ich jetzt melodramatisch auf meinen Stuhl sinken, weil ich nämlich weiche Knie bekommen habe. Nicht wegen irgendwelcher Schmetterlinge im Bauch, sondern vor Schreck! Und aus bodenloser Enttäuschung.

»Oh, ähm«, stammele ich, denn ich war auf alles Mögliche gefasst, nur nicht auf eine alberne Leserfrage. Eine superbescheuerte, hirnverbrannte, oberkindische Leserfrage!

Keine Ahnung, wie ich sie beantworten soll. Mist – ja, wie fühlt man sich, wenn man in der Klasse neben einer oberarroganten Nachwuchsmoderatorin sitzt? Man fühlt sich ganz klein und unbeliebt und fast unsichtbar. Man zweifelt daran, ob man in dieser Schule jemals Freunde finden wird, weil alle nur scharf drauf sind, ein paar Sätze mit der lieben Luise-Nadine zu wechseln. Man wünscht sich, dieses Promi-Girl hätte den Klassensaal der 9 a niemals betreten!

Paul schaut mich aus großen grauen Augen fragend an. Als ich nicht antworte, verzieht sich sein Gesicht zu einer Grimasse, die halb bittend, halb entschuldigend wirkt. Klar, ein Schülerzeitungsredakteur hat's nicht leicht. Erst unschuldigen Mitschülerinnen den Kopf verdrehen und ihnen dann saublöde Interviewfragen stellen. Aber den Gefallen, ihm meine wahren Gefühle über das Thema Luna preiszugeben, tue ich ihm ganz bestimmt nicht!

Nein. Ich verweigere die Aussage!

»Na ja, Paul«, sage ich zuckersüß, »neben einem **Fernsehstar** zu sitzen, muss wohl ungefähr genauso erhebend sein, wie dämliche Fragen von rosafarbenen Zetteln ablesen zu müssen.«

Natürlich spucke ich das Wort »Fernsehstar« mit dem

nötigen Grad von Verachtung in der Stimme aus. Dann schnappe ich meine Sachen und lasse den sprachlosen Paul sitzen, während ich einen divenhaften Abgang hinlege. Erst zu spät fällt mir auf, dass Divenhaftigkeit ungefähr so gut zu mir passt wie ein Balletträckchen zu einem Hip-Hopper.

Was ist nur in mich gefahren, dass ich plötzlich selbst so ein arrogantes Gehabe an den Tag lege wie Lisa Spatzenhirn?

06

DAS MONTAGSFRÜHSTÜCK BEI MARTIN ist inzwischen zu einer Art Tradition geworden. Dörte besteht darauf, dass wir sogar jetzt, in den Herbstferien, daran festhalten! Da kennt sie keine Gnade. So sitzen wir also auch heute in Martins Küche und trinken **Fencheltee** – notgedrungen, denn das ist die einzige Sorte, die er dahat. Knäckebrot, etwas Frischkäse und ein Rest Marmelade sind das einzig Essbare auf dem Tisch. Wie es aussieht, hat Dörtes Lover seit dem Debakel bei unserem ersten gemeinsamen Montagsfrühstück nichts dazugelernt. Wahrscheinlich, weil meine Mutter eine erstklassige Schauspielerin ist und so tut, als hätte sie noch nie besser gespeist.

Meine schlechte Laune ignoriert Martin einfach. Er würde sie niemals auf seine mangelhaften Fähigkeiten als Gastgeber zurückführen, sondern höchstwahrscheinlich auf meine Pubertät. Immerhin ist er Lehrer und damit unausstehliche Vierzehnjährige gewohnt. Mürrisch beiße ich in mein Knäckebrot. Eigentlich habe ich einen Riesenappetit. Aber so macht Frühstücken echt keinen Spaß!

Nachdenklich beobachte ich die beiden Erwachsenen,

die sich über die Ränder ihrer dampfenden Teetassen hinweg verliebt anschauen. Es ist ein Jammer! Mit meinem Plan, einen Keil zwischen die beiden zu treiben, um dann mit Dörte wieder zurück nach Frankfurt zu ziehen, bin ich keinen Millimeter vorangekommen. Dörte und ihr aktueller Lover vertragen sich besser denn je. Keine Krise in Sicht. So ein Mist! Und ich bringe es auch nicht übers Herz, nachzuhelfen, denn eigentlich gönne ich meiner Mutter ihr Glück ja. Und Martin ist wirklich ganz nett.

»Kinder, ist das schön heute! Sunny hat Ferien, Martin hat Ferien – und ich nehme mir einfach einen freien Tag. Meinen Patienten habe ich schon abgesagt. Lasst uns gemeinsam was unternehmen! Na, was haltet ihr von meiner Idee? Die Überraschung ist mir gelungen, was?«

Ich verschlucke mich fast an einem Knäckebrotkrümel. **Das darf ja wohl nicht wahr sein!** Beim gemeinsamen Frühstück mache ich ja noch gute Miene zum bösen Spiel. Aber einen ganzen Tag mit zwei verknallten Oldies verbringen ist so ungefähr das Gegenteil von einer guten Idee! Wenn die beiden einander anhimmeln, als wären sie Teenies, will ich lieber **ganz weit weg** sein.

»Och nö, Dörte. Ich klinke mich da besser aus. Unternehmt lieber etwas zu zweit.«

»Während du gemütlich liest, zwischendurch ein paar Tanzschritte übst und mit Stella chattest?«

Manchmal ist Dörte mir regelrecht unheimlich. *Kann sie Gedanken lesen?* Zögernd nicke ich. Und habe die dunkle Ahnung, dass meine Mutter mir gleich einen fetten Strich durch die Rechnung machen wird.

»Kommt nicht infrage!«, bestätigt sie meine Befürchtungen. »Nichts gegen Lesen, Tanzen und Freunde, aber damit verbringst du doch jeden Ferientag. Heute machen wir mal was Besonderes. **Familienprogramm.**«

Eine Viertelstunde später sind wir fertig angezogen und stehen vor dem Haus. Dörte hat sich nicht erweichen lassen. Wie kommt sie nur darauf, einen auf Vater-Mutter-Kind-Idylle zu machen? Dabei gehört Martin gar nicht zu unserer Familie! So wahnsinnig begeistert hat der übrigens auch nicht gewirkt. Aber meine Mutter hat uns mit ihrem Psychogesülze überredet. Sie meinte, wir müssten dringend unsere »Bindungen intensivieren«, damit wir »als soziale Gruppe besser funktionieren«. Bla, bla, bla.

Ich bin ziemlich genervt. Das wird garantiert der totale Absturz! Auf intensivere Bindungen zu einem Sozialkundelehrer, der zu blöd ist, Frühstücksbrötchen zu kaufen, kann ich gut verzichten.

Ich starte einen letzten Versuch: »Müssen wir wirklich einen kompletten Tag gemeinsam verbringen? Das ist doch bescheuert. Du hast ja noch nicht mal einen Plan, was wir unternehmen könnten.«

»Keine Diskussion!«, verkündet Dörte streng. »Ein Familientag ist wichtig für deine Sozialisation.«

Da ist nichts zu machen. Manchmal ist meine Mutter stur wie ein Esel.

»Also, ich hab da einen Vorschlag«, grätscht Martin dazwischen, der sich bisher sauber herausgehalten hat. »Wie wäre es mit einem Wunschprogramm? Jeder darf einen Wunsch äußern, und der wird dann bedingungslos erfüllt.«

Wunschprogramm? Na ja, das klingt zwar reichlich kindisch, aber immerhin besser als gar kein Plan. Ich nicke mürrisch, während Dörte erst ihm und dann mir jubelnd um den Hals fällt.

»Okay.« Martin grinst. »Dann mach ich am besten gleich mal den Anfang. Nachdem mein Frühstück doch recht bescheiden war, lade ich euch jetzt als Wiedergutmachung zu einem leckeren Brunch im *Café Sorglos* ein.«

Das ist echt mal eine gute Idee von Martin! Zufrieden schlürfe ich meinen Kakao mit Sahne und beiße dann in ein Schoko-Croissant. Hmmm, lecker! Das nenn ich Frühstück.

»Um Lichtjahre besser als das Knäcke-Marmeladen-Zeugs, das ich euch vorgesetzt habe, was?«, meint Martin, und ich komme mir ertappt vor. »Ich weiß doch selbst, was für ein miserabler Hausmann ich bin.« Er grinst. »Dass ich für das Frühstück heute hätte einkaufen müssen, ist mir leider erst gestern Abend vor dem Einschlafen eingefallen.« Er zieht eine Grimasse, die Dörte und mich zum Lachen bringt.

Gerade als ich anfange, Gefallen an unserem gemeinsamen Tag zu finden, räuspert sich Dörte und verkündet, dass sie jetzt dran ist mit dem Wünschen. Sofort gehen bei mir alle Alarmglocken an. Und tatsächlich: »Ich wünsche mir, dass wir als Nächstes gemeinsam shoppen gehen, und ich suche für jeden von uns was Schickes aus.«

Meine Mutter ist ganz offensichtlich megastolz auf ihren brillanten Vorschlag. Ausgerechnet die Frau, die den ganzen Tag in knallengen Bleistiftröcken, Businessblüschen und hochhackigen Pumps durch die Gegend stöckelt, will mir ein Kleidungsstück aussuchen? Ich weiß jetzt schon, dass ich niemals anziehen würde, was ihrem Geschmack entspricht. Schon will ich widersprechen, da lässt Martin den Sozialkundelehrer raushängen und hebt mahnend den Zeigefinger: »So sind die Regeln. Ob es uns nun gefällt oder nicht.«

Immerhin hat er **uns** gesagt. Wenn ich mir seinen Jeans-Karohemden-Cordsakko-Look so anschaue, ist er garantiert auch nicht gerade begeistert. Hinter Dörtes Rücken macht er eine Ist-nicht-zu-ändern-da-müssen-wir-nun-durch-Geste. Laut sagt er: »In der Zwischenzeit kannst du dir ja schon mal deinen Wunsch überlegen, Sunny.«

Natürlich probiert Dörte unzählige Teile an. Röcke in allen erdenklichen Farben schleppt sie zur Garderobe, dazu passende Feinstrickpullis, Blazer und Blusen, und natürlich dürfen auch die passenden Accessoires nicht fehlen: Schuhe, Handtasche, Strumpfhosen, Seidenschals. Dass sie in diesem Look eher ins Chefsekretariat eines börsennotierten Waffenkonzerns passen würde als in ihre psychotherapeutische Praxis, stört sie dabei wenig. Auch Martin scheint ihr Stil zu gefallen. Oder es ist ihm einfach egal, was sie trägt. Allerdings wird auch seine Geduld ordentlich auf die Probe gestellt, denn wir müssen beide eine gefühlte Ewigkeit vor der Umkleidekabine warten. Immer, wenn Dörte den Vorhang zur Seite schiebt, um hinauszutreten und sich wie ein Model vor dem gigantisch großen Spiegel hin und her zu drehen, erwartet sie unsere Kommentare. Aussagen wie »Keine Ahnung, **du** musst dich darin wohlfühlen« oder »Du würdest sogar in einem Kartoffelsack wunderschön aussehen« lässt sie nicht gelten! Es müssen schon konkrete Komplimente sein wie »Dieser Schnitt betont deine langen Beine« oder »Tolle Farbe, die macht dich fünf Jahre jünger«.

Martin scheint diese Shoppingtour mindestens so öde zu finden wie ich. Aber er reißt sich Dörte zuliebe zusammen, und das finde ich persönlich ganz schön bewundernswert. Ich will keine Spielverderberin sein, also mache auch ich gute Miene zum bösen Spiel.

Endlich hat sich Dörte entschieden und wendet sich dann Teil zwei ihres Wunsches zu: Sie beglückt Martin und mich mit neuen Outfits. Verblüffenderweise wählt sie für ihren Lover eine richtig coole Lederjacke aus und für mich eine lilafarbene Jeans, die superbequem ist. Die Farbe ist zwar etwas gewöhnungsbedürftig, ich selbst hätte sie mir bestimmt nie ausgesucht, aber sie steht mir ziemlich gut und passt toll zu meinem grünen Sweatshirt. In meinem Schrank hängen sonst nur blaue, graue oder schwarze Hosen. Gute Idee eigentlich, da mal ein bisschen mehr Vielfalt reinzubringen. Als Dörte mir dazu auch noch ein currygelbes Shirt aussucht, ist mir das zwar ein bisschen zu bunt, aber ihr zuliebe lasse ich die neuen Sachen gleich an.

»Habt ihr Hunger?«, fragt Dörte, nachdem wir bezahlt und die Mall verlassen haben.

»Also, ich bin noch pappsatt von vorhin«, meint Martin und reibt sich demonstrativ den Bauch.

»Geht mir genauso, aber Durst habe ich«, ergänze ich.

Um die Ecke ist eine Saftbar. Ich entscheide mich für einen Multivitaminsaft, Dörte und Martin nehmen Waldbeeren-Mix. Während wir uns die Getränke schmecken lassen, laufen wir weiter. Aber wohin eigentlich? Oh – ich bin ja an der Reihe, meinen Wunsch zu äußern. Hm. Eigentlich hatte ich ja lange genug Zeit, mir zu überlegen, was ich will. Hab ich aber nicht. Und jetzt fällt mir nichts ein.

Wobei – **ja, das wär's doch**!

»Ich wünsche mir, dass wir auf die Eisbahn gehen«, platze ich heraus.

Ich weiß zwar genau, dass meine Mutter ungern Schlittschuh läuft und die laute Musik dort hasst, aber wie hat Martin es vorhin ausgedrückt? So sind nun mal die Spielregeln.

Zu meiner Überraschung ist Martin von meiner Idee begeistert und schafft es sogar, meine Mutter dazu zu bringen, dass sie Spaß hat. Wir fahren Hand in Hand, Dörte in der Mitte. Zuerst ist sie recht unsicher und ziemlich wackelig auf den Beinen. Ehrlich gesagt sieht sie reichlich albern aus in ihrem engen Röckchen und der damenhaften Steppjacke, wie sie da in klobigen Sportschlittschuhen übers Eis stakst. Dann wird sie aber von Runde zu Runde besser, und nach einer halben Stunde sausen wir richtig schnell nebeneinanderher. Laut lachend und den Lady-Gaga-Hit *Applause* mitgrölend. Wenn mir das heute Morgen jemand prophezeit hätte … Ich hätte ihn für verrückt erklärt.

Was für ein krasser Tag, denke ich, als ich am Abend im Bett liege und an die Decke starre, an die Dörte Zaubersterne geklebt hat. Sie speichern das Tageslicht und leuchten im Dunkeln. Kinderkram, eigentlich, aber ich liebe es, sie beim Einschlafen anzugucken, bis mir die Augen zufallen. Man hat fast das Gefühl, unter freiem Himmel zu liegen.

Ich lasse mir den ganzen Tag noch einmal durch den Kopf gehen. So langweilig war er gar nicht. Im Gegenteil – es hat sogar richtig Spaß gemacht. Fast ein **Sunny Day**, nur ohne Stella.

Ich seufze. Dass Dörte und ich bald zurück nach Frankfurt ziehen, habe ich mir inzwischen abgeschminkt. Daraus wird wohl nichts. Viel wahrscheinlicher ist, dass mir eines Tages ein ganz neuer Ortswechsel bevorsteht. In Hamburg haben wir noch nie gewohnt, und in Leipzig auch nicht. Wer weiß, woher der Typ kommt, in den sich Dörte als Nächstes verliebt?

Wenn ich jetzt entscheiden müsste, was besser wäre – hier in Köln zu bleiben oder mit meiner Mutter weiterzuziehen –, dann müsste ich wirklich grübeln.

Bisher habe ich eigentlich darauf gehofft, dass die Station Köln bald beendet ist, damit ich endlich Luna entkomme, die mir mit ihrer arroganten Art tierisch auf den Sender geht. Was mich fast noch mehr nervt, sind die vielen Luna-Fans, die mich neuerdings verfolgen. Seit in den anderen Klassen bekannt ist, dass ich in der 9 a neben ihr sitze, werde ich ständig angequatscht. Ob ich ein Autogramm von ihr besorgen könne. Manche wollen auch nur, dass ich von Luna erzähle – wie sie so ist, ganz privat. Als ob ich das wüsste. Einmal wurde ich sogar um ein Haar von ihr gebeten, das muss man sich mal vorstellen!

Ja, dieser Situation würde ich liebend gerne entkommen. Aber wer weiß, wie es woanders wäre? Ich finde, mit Martin hat meine Mutter einen relativ guten Fang gemacht. Vielleicht sollte ich mich lieber darauf einstellen, für ein Weilchen hierzubleiben …

Nur Stella fehlt mir. Spätestens in den Weihnachtsferien müssen wir uns endlich wiedersehen. **Unbedingt!**

07

WENN ES NACH MIR GINGE, hätten die Ferien ruhig noch ein bisschen länger dauern können. Das aufgedrehte Geschnatter der Lisa-Clique geht mir schon am ersten Schultag wieder voll auf die Nerven. Und der Hype um Luna sowieso. Warum hat ein Promi-Girl wie sie eigentlich keinen Hauslehrer? Oder besucht wenigstens eine teure Privatschule? Warum muss sie stattdessen mir das Leben schwer machen?, denke ich missmutig, als ich in Richtung Schule marschiere. Zum Fahrradfahren ist es mir inzwischen zu kalt. Beim Gehen kann man ohnehin besser grübeln. Und es gibt einiges, worüber ich nachdenken muss.

Zum Beispiel darüber, dass es für mich und meine Ziele überhaupt nicht gut läuft. Natürlich habe ich – Luna sei Dank – noch keine neuen Freunde gefunden. Keine Ahnung, wen ich nächsten Monat zu meinem Geburtstag einladen soll. Wann Stella und ich uns wiedersehen, steht auch in den Sternen. Außerdem habe ich es noch immer nicht geschafft, mich für einen Hip-Hop-Kurs anzumelden. Immerhin habe ich mich letzte Woche dazu aufgerafft, zu einer Tanzschule zu fahren und nachzufragen. Leider bieten die nur einen Anfängerkurs an. Als ich erwähnte, dass ich regelmäßig zu Hause trainiere und sogar schon mal an einem Wettbewerb teilgenommen habe, hat die Tanzschulleiterin von sich aus gesagt, dass dieser Kurs dann wohl eher nichts für mich sei. Schade.

Irgendwie komme ich also auf keiner meiner Baustellen voran. Ich kann nur hoffen, dass nicht noch neue dazukommen.

Schon in der zweiten Stunde wird diese Hoffnung zunichtegemacht. Wir haben Bio, und Frau Schnederbeck, die alle heimlich nur Schnatterbeck nennen, verkündet der 9 a, dass bis zu den Weihnachtsferien jeder ein Referat halten muss. Sie verteilt die Themen an Zweiergruppen, und ich ahne Übles, als ich beobachte, wie sie die Teams zusammenstellt: nämlich nach Sitzordnung. Offenbar geht sie davon aus, dass Sitznachbarn gut genug miteinander klarkommen, dass sie ein paar Stunden gemeinsame Extraarbeit verkraften. Es kommt, wie es kommen muss:

»Luna und Sunny, für euch habe ich das Thema *Einheimische Waldpilze* vorgesehen«, sagt Frau Schnederbeck und schaut uns über den Rand ihrer Lesebrille an. Wir sind zu überrascht, um spontan protestieren zu können, und dann ist die Chance vorbei, denn sie fährt schon mit dem nächsten Zweierteam fort. Welches Thema sie Lisa und Clara nennt, bekomme ich nicht mit. Ich bin noch zu schockiert. Wie sollen zwei Leute, die – wenn überhaupt – nur das Allernötigste miteinander reden, gemeinsam ein Referat vorbereiten? Das ist ein Ding der Unmöglichkeit!

Kann mich bitte jemand aus diesem Albtraum aufwecken?

»Mir bleibt aber auch nichts erspart«, murmelt Luna vor sich hin – laut genug, dass ich es mitbekomme.

Ob Absicht oder nicht, ich bin stinksauer. Meint sie denn, mir würde das Spaß machen? Auch wenn ich vermute, dass die anderen Mädchen und womöglich sogar die Jungs aus meiner Klasse ihren rechten Arm dafür geben würden, wenn sie mit mir tauschen dürften.

In der Pause wird meine Annahme bestätigt, denn als ich meine Sportsachen aus dem Spind hole, höre ich zufällig mit, wie sich Clara, Sarah und Timm voller Neid darüber unterhalten, was für ein Glück ich doch mal wieder habe.

Na super. Als ob es irgendetwas mit Glück zu tun hätte, mit dieser Kratzbürste zusammenarbeiten zu müssen. Das ist nun wirklich kein Hauptgewinn!

Außerdem hasse ich Referate. Gibt es etwas Schlimmeres, als vor der Klasse zu stehen und genau zu wissen, dass sich kein Mensch für das Thema interessiert, das man vorbereitet hat? *Einheimische Waldpilze* – damit lockt man ja noch nicht einmal Streber wie Yara oder Torben hinterm Ofen hervor.

Für den Rest des Vormittags ist meine Laune im Keller, und ich hätte wirklich gewettet, dass es nicht schlimmer kommen könnte. Aber da habe ich mich getäuscht, denn Luna schafft es, noch eins draufzusetzen. Als es zur zweiten Pause klingelt, dreht sie sich unvermittelt zu mir um und tut etwas, das ich nie für möglich gehalten hätte: Sie lächelt. Ein bisschen jedenfalls. Sofort bin ich alarmiert. Bestimmt kommt gleich ein fieser Spruch! Und tatsächlich …

»Ich hab da eine Idee, was die Arbeitsteilung betrifft«, sagt sie. »Du schreibst das Referat, und ich halte es dann – moderieren ist schließlich mein Job, das fällt mir leicht.«

Für den Bruchteil einer Sekunde bin ich versucht, ihrem Vorschlag zuzustimmen. Damit wäre ich fein raus. Andererseits hätte ich dann viel mehr Arbeit als Luna. Und sie würde die ganzen Lorbeeren ernten. Selbst bei einem Thema wie *Einheimische Waldpilze* würden die anderen ihr sicher völlig verzückt lauschen. Das kommt gar nicht infrage! Nicht mit mir! Wenn **Miss Erfolgsmoderatorin** mit einem Referat glänzen will, muss sie wohl oder übel auch mal ein Buch in die Hand nehmen.

»Nö, wir machen lieber halbe-halbe«, nuschele ich, woraufhin sich Lunas dunkelrot angemalte Lippen wieder in einen eiskalten Strich verwandeln.

»Dann eben nicht, Zicke«, stößt sie hervor, zuckt mit den Schultern, steckt sich ihre unvermeidlichen Kopfhörer in die Ohren und verzieht sich.

Erst als sie um die Ecke gebogen ist und auch ich hinaus auf den Flur getreten bin, fällt mir ein, dass ich eben die perfekte Gelegenheit zu einem schlagfertigen Spruch verpasst habe. Dass mir so etwas aber auch immer erst hinterher einfällt:

Warum bittest du nicht die Autoren deiner Moderationstexte für die **Luna-Show**, das Referat für dich zu schreiben? Mami und Papi zahlen das bestimmt …

Genau das hätte ich sagen können. Oder besser noch:

Frag doch die Schnatterbeck, ob auch die Killerpilze als einheimische Waldpilzsorte gelten, liebe Luise-Nadine. Eine Band vorzustellen ist schließlich dein Spezialgebiet. Um nicht zu sagen: das Einzige, was du draufhast.

Ja, ich kann fies sein. In meiner Phantasie.

Allerdings bin ich so vertieft, dass ich um mich herum gar nichts mehr wahrnehme. In Gedanken haue ich Luna so gepfefferte Antworten um die Ohren, dass ihr Hören und Sehen vergeht. Doch dann vergeht mir selbst das Hören und Sehen, denn ich rausche mit jemandem zusammen, stolpere und lande auf den Knien. Zu allem Überfluss steht ausgerechnet Luna ganz in der Nähe und feixt hämisch. Auch Lisa und Marie haben meinen Sturz beobachtet und versuchen nicht einmal, ihr Kichern zu unterdrücken. **Blöde Kühe!**

»Hast du dir wehgetan?«, fragt eine besorgt klingende Stimme, die mir irgendwie bekannt vorkommt. Ich drehe mich um, und meine Stimmung steigt schlagartig, als mir klar wird, mit wem ich da zusammengestoßen bin.

»Oh, hey, Paul, das ist ja ein Zufall!«, rufe ich fröhlich, so als wären wir einander am abgelegensten Ort der Welt begegnet. Dass ich dabei noch immer knie, macht die Sache bloß noch absurder. Doch Paul lacht mich keineswegs aus. »Komm, ich helfe dir auf.«

»Sorry, ich war irgendwie in Gedanken«, erkläre ich, als ich endlich wieder stehe.

»Kein Problem«, meint Paul und fährt sich mit der Hand durch die Wuschelhaare. »Ich hätte ja auch besser aufpassen können. Ist mit deinem Bein alles in Ordnung?« Er deutet auf meine Hose, die in Kniehöhe aufgerissen ist. Zum Glück trage ich heute nicht die neue lilafarbene Jeans, sondern eine uralte, die sowieso bald ausgedient hat.

Paul lässt es sich nicht nehmen, mein Bein zu untersuchen, und stellt fest, dass ich blute.

»Ich bring dich zum Sanitätsraum«, entscheidet er.

Obwohl ich sehr gut allein laufen kann und eigentlich auch selbst meine Sachen tragen könnte, wehre ich mich nicht, als Paul mich unterhakt und mir meine Schultasche abnimmt.

»Dann gib mir wenigstens deine Bücher!« Ich greife nach dem Stapel, den er sich unter die Achsel geklemmt hat. Ein Physikbuch, eine Mathe-Formelsammlung und ein Roman.

»Cool, das kenn ich«, sage ich. »*Lost Places* ist echt krass. Lest ihr das gerade in Deutsch?«

»Schön wär's«, erwidert Paul. »In Deutsch beackern wir zurzeit *Die Leiden des jungen Werther* von Goethe. Nicht mein Ding. Die nächste Klassenarbeit überschreibe ich am besten gleich mit *Die Leiden des jungen Paul Fink.*«

Ich muss lachen, als ich seine Grimasse sehe.

Paul runzelt die Stirn. »Das ist gar nicht komisch!«

Erschrocken beiße ich mir auf die Lippen. Verdammt, jetzt ist er sauer.

»Tut mir leid, ich wollte dich wirklich nicht auslachen.«

»Reingefallen!«, ruft Paul und prustet los. »Voll drauf reingefallen.« Ich glaub's ja nicht ...

»Scherzkeks«, gebe ich zurück und muss auch lachen.

»Im Ernst«, sagt Paul, als wir uns wieder beruhigt haben, und deutet auf das Buch. »*Lost Places* ist total fesselnd. Ich habe nachher eine Freistunde, und die will ich unbedingt zum Weiterlesen nutzen.«

Ich bin völlig von den Socken. Ist er etwa ein Alien? Paul ist nicht nur klug, hilfsbereit und ziemlich süß, er hat auch Humor und liebt Bücher. Eine perfekte Kombination.

Lieber Gott, mach, dass er sich für mich interessiert!

»So, da sind wir«, sagt Paul und deutet auf die Tür des Sanitätsraums. Für einen Moment bin ich ziemlich verwirrt und weiß gar nicht mehr, warum wir überhaupt hier sind. Dann wünscht mir Paul alles Gute für mein Knie, und es fällt mir wieder ein.

»Ich muss los. Bis dann also«, verabschiedet sich Paul leider viel zu früh. Dass ich wenig später laut seufzen muss, während die Krankenschwester mein Knie verarztet, liegt nicht nur daran, dass ich kein Blut sehen kann.

Schade, dass mich Paul nicht um ein Date gebeten hat. Aber immerhin hat er **bis dann** gesagt, und das muss schließlich bedeuten, dass er unser Gespräch fortsetzen möchte.

Auf jeden Fall ist unser Zusammenstoß der einzige Lichtblick dieses Tages. Natürlich beschreibe ich dieses Mega-Ereignis ausführlich in meiner abendlichen Mail an Stella. Genauso lang und breit lasse ich mich auch darüber aus, wie grausam das Schicksal mir mitgespielt hat, indem es mich zu einem gemeinsamen Referat mit Luna zwingt.

Stella antwortet postwendend:

Liebe Sunny,

sag mal, findest Du nicht, dass Du Dich da in etwas verrannt hast? Warum übertreibst Du so mit deiner Antipathie gegenüber Luna? Immerhin seid Ihr beide neu in der Klasse, also solltet Ihr zusammenhalten. Dieses gemeinsame Referat ist doch eine super Gelegenheit, Euch ein bisschen besser kennenzulernen. Denk mal drüber nach, anstatt Dich in eine Schwärmerei für diesen Paul reinzusteigern.

Nicht sauer sein, bitte! Aber wer könnte einem mal offen und ehrlich die Meinung sagen, wenn nicht eine BFF?

HDGDL
Stella

PS: So wie es aussieht, klappt es in den Weihnachtsferien mit einem Besuch bei Dir. Cool, was? Vielleicht lerne ich dann ja auch Luna kennen. Ich wette, ich würde sie mögen.

Ich schnappe entsetzt nach Luft und lese Stellas Nachricht noch einmal und den letzten Abschnitt dann weitere drei Mal, aber das macht die Sache nicht besser. Im Gegenteil, es scheint eindeutig: Meine Freundin ist zum Feind übergelaufen. Gehört sie jetzt etwa auch zum Club der oberflächlichen Tussis, die einfach nur scharf darauf sind, ein Promi-Girl zu treffen? Ich will es nicht glauben, aber die Realität sieht anders aus. Ich könnte heulen. Ach, was sage ich: Ich heule tatsächlich! Rotz und Wasser.

08

GIBT ES ETWAS LANGWEILIGERES als Wandertage? Ich hasse es, stumpfsinnig durch den Wald zu latschen und dabei nicht mal Musik hören zu dürfen. Wir sollen der Natur lauschen, hat unsere Klassenlehrerin gemeint und strengstes MP3-Player-Verbot ausgesprochen.

Frau Sievert ist so was von von gestern!

Sehnsüchtig denke ich an den letzten Klassenausflug, an dem ich teilgenommen habe, damals noch an meiner alten Schule. Wir haben die Jugendbegegnungsstätte Anne Frank besucht und waren alle beeindruckt. Stella und ich bekamen trotz Sommerhitze eine Gänsehaut, als wir uns vorstellten, wie Anne mit ihrer Familie aus ihrer Geburtsstadt Frankfurt nach Amsterdam flüchtete und welche Angst sie dort in ihrem Hinterhausversteck wohl gehabt haben muss. Als sie starb, war sie nicht viel älter als wir.

Obwohl das Thema ziemlich traurig war und vielen von uns sogar die Tränen kamen, war dieser Ausflug der beste, den ich bisher gemacht habe. Um Welten besser als diese dämliche Wanderung jedenfalls.

Dörte hat mir dafür gestern extra noch neue Schuhe gekauft. Richtig schwere Dinger, mit denen man bestimmt auch die Alpen überqueren könnte. Dumm nur, dass nicht genug Zeit war, sie ordentlich einzulaufen. Wir sind noch keine Stunde unterwegs, und schon plagt mich eine fiese Blase an der linken Ferse. Sie quält mich bei jedem einzelnen Schritt. Ich überschlage, wie viele das noch sein werden, bis wir heute Nachmittag endlich wieder am Bus sind. Das Ergebnis ist ziemlich frustrierend: Es müssen Tausende sein!

Ich werde langsamer und falle bald ans Ende der Gruppe zurück. Etwa dreißig Meter vor mir gibt Timms Mutter, die als zusätzliche Begleitperson dabei ist, zwei Jungs einen Rüffel, weil sie sich gegenseitig mit Tannenzapfen bewerfen. Eigentlich sollte sie ja das Schlusslicht bilden, damit keiner verloren geht, aber die neue Rolle als Ordnungshüterin scheint ihr besser zu gefallen.

Ach du Schreck: Im Unterholz raschelt es. Hoffentlich ist das kein Wildschwein! Auf eine Begegnung mit so einem Vieh bin ich nicht gerade scharf.

Erleichtert atme ich auf, als statt des angriffslustigen Schwarzwildes nur die wie immer schwarz gekleidete Luna auftaucht. Wahrscheinlich war sie pinkeln. Wenn Frau Sievert das gesehen hätte, bekäme Luna jetzt einen deftigen Anschiss. Sich von der Gruppe zu entfernen, ist nämlich genauso verboten, wie Musik zu hören. Fast schade, dass sie noch mal ohne Tadel davongekommen ist. Leider haben weder unsere Klassenlehrerin noch Timms Mutter etwas von Lunas Ausflug ins Dickicht mitbekommen, denn unsere Wandergruppe ist inzwischen hinter einer Wegbiegung verschwunden.

Luna und ich müssen uns beeilen, sie einzuholen, wenn wir nicht ganz den Anschluss verlieren wollen. Wortlos marschieren wir nebeneinanderher. Ich schwächele ein bisschen, weil die Blase am Fuß wirklich übelst schmerzt, aber vor Luna will ich das nicht zeigen, also beiße ich die Zähne zusammen.

Eine Kurve folgt auf die andere, sodass man nie besonders weit sehen kann. Keine Ahnung, wie weit uns die anderen voraus sind. Bestimmt holen wir sie bald ein.

Doch dann stehen wir vor einem echten Problem: einer Gabelung.

Ratlos starren wir auf die beiden Wege, die sich v-förmig vor uns teilen. Stumm begutachten wir die beiden Pfade, aber weder Luna noch ich entdecken irgendwelche Spuren, die unsere unausgesprochene Frage beantworten würden: **Wo geht's lang?**

»Gib mal dein Handy«, kommandiert Luna. »Wir rufen einfach die anderen an und fragen, welchen Weg sie genommen haben.«

»Nimm doch dein eigenes«, blaffe ich zurück.

»Geht nicht. Der Akku ist leer. Also: Rückst du es jetzt raus oder nicht?«

Ich werde rot. Denn ausgerechnet heute habe ich mein Handy zu Hause liegen lassen.

»Oh Mann, das darf doch nicht wahr sein!«, stöhnt Luna theatralisch, nachdem ich ihr das gestanden habe, und verdreht die Augen, als hätte sie noch nie so einen schweren Fall von Begriffsstutzigkeit erlebt. »Wegen dir sitzen wir jetzt in der Patsche!«

»Du hast doch selbst rumgetrödelt vorhin im Wald«, kontere ich wütend. »Also bist du genauso schuld daran wie ich. Außerdem hättest du dein Handy ja vernünftig aufladen können. Schließlich bin ich nicht deine Dienerin.«

Dass ich eh keinen einzigen Kontakt gespeichert habe, mit dem wir etwas anfangen könnten, erwähne ich nicht. Mit meinen Klassenkameraden habe ich noch keine Telefonnummern getauscht, und die Adresse von Frau Sievert hängt bei Dörte an der Pinnwand. Wo sie uns momentan herzlich wenig hilft. Wir könnten also höchstens die Polizei anrufen und uns orten lassen. Aber das fände ich doch reichlich übertrieben. Wir werden die anderen schon finden! Irgendwie ...

»Mein Smartphone **war** komplett aufgeladen«, erklärt Luna schnippisch. »Aber als ich eben für **unser** Referat unzählige Waldpilze fotografiert habe, hat das wohl den Akku ziemlich beansprucht. Und dann hatte es plötzlich keinen Saft mehr und ist abgekackt.« Sie zuckt mit den Schultern und wirkt auf einmal gar nicht mehr so überheblich wie sonst.

Urplötzlich schäme ich mich vor mir selbst. Wir führen uns hier auf wie die Oberzicken und streiten wegen eines Handys, statt zu überlegen, was wir tun sollen.

»Hör mal, Luna, ich weiß, du magst mich nicht, und das beruht vermutlich auch auf Gegenseitigkeit. Aber jetzt sollten wir zumindest vorübergehend das Kriegsbeil begraben und zusammenarbeiten. Wenn wir die anderen eingeholt haben, können wir gerne weiterstreiten. Okay?«

Luna legt den Kopf schief und schließt kurz die Augen. Dann schaut sie mich an und nickt.

Wir werfen eine Münze und nehmen den linken Weg. Nach wenigen Metern bereuen wir diese Entscheidung, denn es geht auf einmal steil bergauf. Trotzdem marschieren wir weiter. Bald sind wir völlig außer Atem und keuchen wie die Walrösser. Zum Streiten hätten wir jetzt gar keine Luft, selbst wenn wir es wollten. Einmal bleiben wir kurz stehen, um unsere Jacken auszuziehen und sie uns um die Hüften zu binden. Es ist zwar schon Oktober, aber ein außergewöhnlich milder Tag. Unter anderen Umständen hätte ich gesagt: ein **Sunny Day**.

Irgendwann müssen wir einsehen, dass wir uns wohl für den falschen Weg entschieden haben. Frau Sievert hat vorhin eine Pause angekündigt. Wir müssten längst auf den Rastplatz der 9 a gestoßen sein – oder zumindest Überreste ihres Aufenthaltes entdeckt haben.

Ich lasse mich mutlos auf einen Baumstumpf sinken und stütze den Kopf in die Hände. Luna wirkt mindestens so frustriert wie ich.

»Vielleicht hätten wir einfach an der Weggabelung warten sollen, bis den anderen auffällt, dass sie uns verloren haben«, sage ich und seufze.

»Hätte, hätte, Fahrradkette.« Luna überlegt kurz. »Wie wäre es, wenn wir einfach quer durch den Wald laufen? Dann müssten wir automatisch auf den richtigen Weg stoßen und könnten die anderen noch einholen.«

»Klingt logisch«, gebe ich zu.

Bevor wir weitergehen, trinken wir ein paar Schlucke

Wasser. Eigentlich knurrt mir auch der Magen, aber Luna findet, mit einer Esspause sollten wir warten, bis wir die anderen wiedergefunden haben. »Je mehr Zeit wir hier vertrödeln, desto schwieriger wird das.« Da hat sie auch wieder recht.

Inzwischen ist das Laufen für mich die pure Hölle. Die Ferse brennt wie Feuer. Ich stolpere Luna hinterher und hoffe, dass sie einen besseren Orientierungssinn hat als ich. Schwer zu sagen, ob wir überhaupt die Richtung halten, denn ständig müssen wir irgendwelchen Wurzeln, Stämmen oder Felsbrocken ausweichen. Einen Kompass haben wir auch nicht dabei, und da ich eine miserable Pfadfinderin bin, kann ich weder an irgendwelchen bemoosten Bäumen noch am Stand der Sonne ablesen, wo Norden liegt. Zumal die Sonne inzwischen hinter den Wolken verschwunden ist.

Urplötzlich bleibt Luna stehen. »Dieser umgeknickte Baum kommt mir verdammt bekannt vor. Sind wir hier nicht vorhin schon mal vorbeigekommen?«

»Hm. Für mich sieht es im Wald überall gleich aus. Lauter Bäume.« Verzagt schaue ich mich um. »Warte mal, was ist denn da vorne?«

Ich humpele an Luna vorbei. Ein paar Meter weiter hat sich ein Haar in einem Zweig verfangen. **Ein blaues Haar.**

»Du hast recht«, sage ich. »Das ist ein eindeutiger Beweis. Wir sind im Kreis gelaufen.«

»**SO WAS BLÖDES**«, flucht Luna.

Mein Magen antwortet mit einem unüberhörbaren

Knurren. Ich habe Hunger wie ein Wolf. »Jetzt ist es sowieso egal – lass uns eine Pause machen.«

Ohne eine Antwort abzuwarten, breite ich meine Jacke auf dem bemoosten Waldboden aus und lasse mich darauf nieder. Während Luna noch mit grimmiger Miene das blaue Haar begutachtet, beiße ich herzhaft in eins der Käse-Salami-Sandwiches, die Dörte mir eingepackt hat.

»Was sollen wir jetzt bloß tun?«, schimpft Luna und tritt wütend gegen einen Stein. Dann läuft sie wieder unruhig hin und her wie ein Tiger im Käfig. Wie ein ausgehungerter Tiger, um genauer zu sein.

»Warum isst du nicht auch erst mal was?«, schlage ich vor.

»Hab nichts mit«, lautet die knappe Antwort.

»Kein Wunder, dass du so giftig bist«, stelle ich fest und winke sie zu mir. »Hier, nimm eins. Dörte hat mir so viel Proviant eingepackt, dass das locker für drei Leute reichen würde.«

Zögernd greift Luna zu. Wenig später sitzt sie herzhaft kauend neben mir auf meiner Jacke.

»Meine Mum hat mir noch nie ein Sandwich gemacht. Sie gibt mir immer Geld mit, damit ich mir was kaufe.«

»Im Wald nicht gerade hilfreich.«

Wir essen schweigend weiter.

»Warum bist du so nett zu mir?«, fragt Luna nach einer Weile.

»Na ja. Wenn du Hunger hast, bist du besonders unerträglich.« Ich grinse. »Und außerdem **bin** ich nett. Eigentlich.«

»Davon hab ich bisher noch nicht viel gemerkt.«

»Tja. Ähm. Kann sein. Du hast eben die dunkle Seite in mir zum Vorschein gebracht«, erwidere ich.

Sie streckt mir die Zunge raus. Verblüfft schaue ich sie an. Dann bricht sie in Lachen aus, bis ihr die Tränen übers Gesicht laufen, und mir geht es nicht anders.

Das glaubt uns kein Mensch! Luna und ich allein im Wald – und wir lachen uns halb tot.

Langsam wird es mir zu kalt so ohne Jacke. Als wir uns wieder beruhigt und dann zu Ende gegessen haben, ziehe ich sie mir wieder über, und wir marschieren weiter. Mit Schrecken stelle ich nach einem Blick auf die Uhr fest, dass es schon nach drei ist. Nur noch gut drei Stunden, dann wird es dunkel.

»Wenn wir die Nacht hier draußen verbringen müssen, erfrieren wir!«, rufe ich erschrocken. Im Herbst draußen zu schlafen, ist wirklich keine gute Idee.

»Das wird nicht passieren«, versucht mich Luna zu beruhigen.

»Wie kannst du da so sicher sein?«

»Weil wir in ungefähr fünf Metern endlich wieder auf einen Weg kommen«, sagt sie und deutet nach vorne.

Tatsächlich! Dass ich mich über den Anblick eines einsamen, steinigen Waldweges einmal dermaßen freuen würde, hätte ich nicht mal im Traum gedacht. Noch weniger hätte ich mir vorstellen können, dass ich Luna daraufhin in die Arme fallen würde.

Wie schräg ist das denn!

Nach der ersten Begeisterung macht sich jedoch bald

Ernüchterung breit. Wir sind jetzt zwar auf einem befestigten Weg und irren nicht mehr durchs Unterholz, doch noch immer haben wir nicht die geringste Ahnung, wo wir sind und in welche Richtung wir gehen müssen, um die anderen zu finden. Obwohl wir schon mindestens seit einer halben Stunde auf diesem Weg laufen, sind wir bisher weder auf die 9 a noch auf den Parkplatz gestoßen, auf dem unser Bus wartet, oder auf irgendein anderes Zeichen von Zivilisation. Uns ist auch niemand begegnet – nicht mal ein Wildschwein.

»Wir haben uns so was von verirrt!«, stelle ich fest. Die leichte Panik in meiner Stimme ist nicht zu überhören.

»Morgen steht dann in der Zeitung: *Nachwuchsmoderatorin bei Klassenwanderung von der Bildfläche verschwunden. Verdacht: Hat eine Mitschülerin sie entführt?*«, zieht Luna mich auf, doch mir bleibt das Lachen im Hals stecken. Wenn sie mich damit aufmuntern will, ist ihr das gründlich misslungen.

»Das ist **nicht** komisch!«, erwidere ich. »Es ist gleich vier Uhr, nicht mehr lange, bis es dunkel wird. Was wir brauchen, ist kein lahmer Scherz, sondern ein Wunder.«

»Vielleicht so eins?«, meint Luna trocken und deutet auf ein hölzernes Schild, das ich bis eben völlig übersehen habe. *Schutzhütte 1000 Meter* steht darauf.

So schnell ist bestimmt noch niemand einen Kilometer gehumpelt – jedenfalls nicht mit einer fetten Blase am Fuß.

»Hoffentlich haben die dort heiße Schokolade und ein Telefon«, keuche ich.

»Wovon träumst du nachts?«, gibt Luna stirnrunzelnd zurück. »Wir können schon froh sein, wenn diese Schutzhütte mehr ist als nur ein seitlich offener Unterstand.«

Es gibt kein Telefon und auch keine Gaststätte in der Hütte, aber immerhin hat sie Seitenwände und eine Tür, die zum Glück unverschlossen ist. Wäre ja auch ziemlich sinnlos, wenn hilflose Wanderer nicht hineinkönnten.

»Strom gibt es auch keinen«, stelle ich fest. Wenigstens reicht das letzte Nachmittagslicht noch, dass wir uns umschauen können.

»Aber warme Decken und eine Holzbank«, freut sich Luna. »Machen wir uns bereit für eine Herbstnacht im Wald. Bestimmt kein Kindergeburtstag, aber erfrieren werden wir nicht.«

Ich fühle mich ein bisschen wie bei Hänsel und Gretel. Ganz geheuer ist mir die dunkle Hütte nicht, doch ich bin froh, dass ich endlich meinen Folterschuh ausziehen kann.

»Ach du Schande, seit wann hast du denn diese Megablase?«, erschrickt Luna.

»Schon seit heute Morgen. Die Schuhe sind neu und nicht eingelaufen. Blöd, ich weiß …«

»Mensch, warum hast du nichts gesagt? Ich hab doch Blasenpflaster dabei!«

Und wie hätte ich das ahnen sollen? Vor allem: Als der Schuh anfing zu drücken, haben Luna und ich ja noch gar nicht miteinander gesprochen. Jetzt versorgt sie meinen Fuß, als wäre sie eine Krankenschwester.

»In meiner alten Schule habe ich im Sanitätsteam mitgemacht«, erzählt sie, während sie meinen Fuß vorsichtig lagert und mich dann fürsorglich mit einer der Wolldecken zudeckt. Ich bin froh, dass ich meine dicke Jacke angezogen habe. Wenn die Holzbank nicht so hart wäre, fände ich es sogar richtig gemütlich. Ich denke an unser Sofa zu Hause und daran, dass Dörte bestimmt ganz krank vor Sorge um mich ist. Wie gerne würde ich ihr eine Nachricht schicken, dass es mir gut geht. Aber wie? Dann macht es sich Luna neben mir bequem und hüllt sich ebenfalls in eine Decke.

»Hast du noch was zu essen dabei?«, fragt sie. »Ich habe noch eine Flasche Apfelsaftschorle im Rucksack. Tja, dann würde ich sagen: Alles bereit für einen Mädelsabend!«

09

»WAS FÜR EIN RIESENEXEMPLAR! Ich weiß noch genau, dass ich den unter einer Eiche entdeckt habe. Könnte das ein Gallenröhrling sein?«, fragt Luna und beugt sich hoch konzentriert über ihr iPad.

Ich wälze Martins Pilzbestimmungsbuch, blättere mehrmals hin und her, vergleiche die Abbildungen darin mit Lunas Foto und schüttele dann den Kopf: »Die wachsen eher in Nadelwäldern. Ich würde sagen, das ist ein Steinpilz.«

»Na, endlich mal wieder eine essbare Sorte«, freut sich Luna und beschriftet das Bild entsprechend. »Bisher haben wir sieben ungenießbare Pilze, fünf giftige, darunter einen tödlich giftigen, aber erst drei Speisepilze.«

Dann ruft sie das nächste Foto auf, und ich durchsuche Martins Buch wieder nach einer Entsprechung. Wir sind so konzentriert, dass wir gar nicht mitbekommen, dass Dörte meine Zimmertür öffnet und mit einem Teller voller Kekse hereinkommt.

»Man könnte fast glauben, ihr würdet gerade etwas aushecken«, sagt sie und lächelt, als wir erschrocken zusammenzucken.

»Machen wir auch. Ein Bio-Referat!«

»Fleißig, fleißig. Da habt ihr euch eine Belohnung verdient. Wie wäre es mit einer heißen Schokolade mit Sahne?«

»Supergerne! Vielen Dank, Frau Baltumeit«, antwortet Luna.

»Deine Mum ist richtig cool«, meint sie, nachdem Dörte die Tür wieder geschlossen hat.

Ich ziehe eine Grimasse. Cool? Na ja.

»Dörte ist dir einfach wahnsinnig dankbar, dass du mich neulich im Wald immer wieder motiviert und sogar verarztet hast.«

»Ach was, wir haben uns gegenseitig motiviert. Und wenn ich diejenige mit einer Blase am Fuß gewesen wäre und du diejenige, die zufällig ein Pflaster dabeigehabt hätte, dann wärst du genauso lieb zu mir gewesen. Da bin ich sicher«, behauptet Luna.

Aber ich bin nicht überzeugt. Wer weiß, ob ich ohne sie nicht doch erfroren wäre? Auf jeden Fall wäre ich vor Angst gestorben, garantiert! Spätestens, als es dunkel wurde. Ganz ehrlich: Nicht nur Dörte ist Luna ziemlich dankbar, auch ich bin es. Und vor allem bin ich froh darüber, dass wir unser Kriegsbeil begraben haben.

Natürlich kann es in der Schule keiner fassen, dass Luna und ich uns auf einmal richtig gut verstehen. In den Augen von Lisa Spatzenhirn und den anderen ist das eine völlig unmögliche Freundschaft – die Leseratte und das Promi-Girl. »Das geht doch gar nicht!«, hat Lisa gekräht.

Ich kann's ja irgendwie selbst kaum glauben. Aber wenn man mal eine Nacht in einer Schutzhütte miteinander durchgequatscht hat, dann ist hinterher alles anders. Das hält nicht mal die stärkste Feindschaft aus.

Und jetzt macht mir erstaunlicherweise sogar die gemeinsame Arbeit an unserem Bio-Referat unheimlich viel Spaß. Dank Martins Pilzbestimmungsbuch kommen wir damit auch richtig gut voran. Vor allem ist das Lunas genialer Idee zu verdanken, am Wandertag mit ihrem Smartphone massenhaft Pilze zu fotografieren. Kein Wunder, dass der Akku ihres Smartphones dabei schlappgemacht hat!

Plötzlich muss ich lachen.

»Was ist so lustig?«, will Luna wissen.

»Ach, gar nichts«, behaupte ich.

Mir ist nämlich gerade eingefallen, dass ich ihr noch vor Kurzem am liebsten einen tödlich giftigen Knollenblätterpilz verabreicht hätte. Oder wenigstens einen widerlich schmeckenden Wurzelnden Bitterröhrling. Aber mit diesem Geständnis will ich unsere noch zarte Freundschaft lieber nicht belasten.

Wir sind sogar früher mit dem Referat fertig als erhofft! Nachdem wir den Kakao getrunken und die Kekse aufgegessen haben, entdeckt Luna mein CD-Regal und nimmt es unter die Lupe.

»Jede Menge Hip-Hop. Tanzt du auch?«

»Na ja, schon«, gebe ich zu. »In meiner alten Schule war ich in einer Hip-Hop-AG. Wir waren sogar mal bei einem Wettbewerb. Aber hier in Köln tanze ich nur zu Hause.«

Natürlich will Luna unbedingt, dass ich ihr eine kleine Privatvorführung gebe. »Bitte, ich steh unheimlich auf Hip-Hop, nur leider bin ich selbst eine miserable Tänzerin!«

»Lieber nicht«, wehre ich ab. »Ich bin total aus der Übung.« Das stimmt zwar nicht ganz, aber was ich da allein im Zimmer so vor mich hin hopse, kann man nicht wirklich als Training bezeichnen. Ich habe Angst, mich vor Luna zu blamieren. Doch die lässt nicht locker, und schließlich gebe ich nach.

»Aber du musst schwören, dass du mich nicht auslachst!«, verlange ich. »Das ist mein heiliger Ernst.«

»Ehrenwort!«

Ich wähle eine CD von *MIA.* aus und starte Track acht. Mein Herz klopft mir bis zum Hals, denn ich bin aufgeregter als damals bei der Competition. Doch als ich die ersten Akkorde von *Bad Girls* höre und anfange zu tanzen, ist die Nervosität verschwunden. Ich denke gar nicht mehr daran, dass Luna mir zusieht, sondern folge einfach nur noch dem Rhythmus. Die Schrittfolgen und Sprünge klappen alle, und das, obwohl ich mir gar keine bestimmte Choreografie überlegt habe – ich tanze einfach spontan drauflos.

Dann ist der Song zu Ende, und ich lande wieder im Hier und Jetzt – ziemlich außer Atem und plötzlich ganz besorgt, dass Luna sich über mich lustig machen könnte.

Ein paar Sekunden lang schaut sie mich mit weit aufgerissenen Augen schweigend an. Ich war schlecht, ich weiß, will ich gerade sagen, du kannst es gerne zugeben – das halte ich schon aus. Doch kurz bevor ich meine Gedanken laut ausspreche, fängt Luna an, laut zu klatschen, dabei mit den Füßen zu trampeln und gleichzeitig durch die Zähne zu pfeifen. Dann springt sie auf, umarmt mich und schüttelt mich daraufhin an den Schultern: »Spinnst du! Von wegen aus der Übung! **Das war einfach der Hammer!**«

Ich strahle. »Ja, findest du?«

Niemals hätte ich erwartet, dass Luna dermaßen begeistert reagiert.

»Megaklasse, ganz ehrlich. Bei dir sieht das alles so lässig aus, dabei ist das bestimmt superschwierig. Am besten fand ich die Armbewegungen, die so ein bisschen nach Bauchtanz aussahen. Voll cool!«

Ich bin sehr geschmeichelt. »Der Song klingt an manchen Stellen irgendwie orientalisch. Ich dachte mir, diese Moves passen vielleicht ganz gut dazu.«

»Ganz gut? Das war perfekt. Ehrlich, Sunny, am liebsten würde ich dich in meiner Show auftreten lassen.«

»Oh nein, das würde ich mich nie trauen!«, rufe ich erschrocken. Offenbar gucke ich dermaßen verängstigt aus der Wäsche, dass Luna lachen muss.

»Dann eben nicht. Ich bin ja schon froh, dass du wenigstens mir eine Kostprobe gegeben hast. Aber du solltest wirklich auch vor Publikum tanzen!«

Nachdem sich Luna verabschiedet hat, werfe ich mich auf mein Bett und betrachte grüblerisch die Zaubersterne an der Decke. Ich muss darüber nachdenken, was sie gesagt hat. Vielleicht hat sie ja recht? Ich sollte mich wirklich bald nach einer Tanzgruppe umsehen, bei der ich mitmachen kann. Der Auftritt damals hat wirklich einen Riesenspaß gemacht.

Gerade als ich meinen Computer starten will, um nach »Hip-Hop + Köln« zu googeln, klingelt das Telefon. Weil Dörte noch in der Praxis ist, gehe ich ran.

»Hallo, Sunny, hier ist Stella. Du, ich muss dir was sagen«, fällt meine Freundin mit der Tür ins Haus.

Ich freue mich riesig, ihre Stimme zu hören! Wir haben schon länger nicht mehr miteinander telefoniert. Seit Stellas Mail, in der sie andeutete, dass sie Luna sicher mögen würde, war ich ihr gegenüber ziemlich kurz angebunden. Wenn ich es mir recht überlege, haben wir danach nur ein paar SMS gewechselt. Ich war ziemlich beleidigt, weil ich fürchtete, Stella könnte sich mehr für die berühmte Luna interessieren als für mich. Und nun bin ich selbst mit Luna befreundet! Aber davon weiß Stella natürlich noch gar nichts!

»Hi, cool, dass du anrufst, ich habe auch Neuigkeiten«, antworte ich gut gelaunt.

»Die schlechten zuerst«, unterbricht mich Stella mit Grabesstimme. Oh weh, das klingt nicht gut.

»Ist was passiert?«

»Ach, Sunny, ich könnte heulen, aber meine Eltern haben beschlossen, dass wir in den Weihnachtsferien in den Skiurlaub fahren. Sie haben sogar schon gebucht, da ist nichts mehr zu machen. Aus meinem Besuch in Köln wird also wieder nichts.« Stella ist wirklich am Boden zerstört, das hört man ihr an. Auch meiner Laune hat diese Nachricht einen Dämpfer verpasst.

»Oh nein, wie schade. Ich habe mich so auf dich gefreut«, antworte ich.

Stella seufzt. Sie klingt fast so, als würde sie gleich anfangen zu weinen. Deshalb beschließe ich, sie ein bisschen aufzumuntern.

»Wir finden einen neuen Termin, okay?«

»Klar«, schnieft Stella. Sie weint tatsächlich.

»Du rätst übrigens nie, wer gerade hier war«, wechsele ich das Thema, um Stella auf andere Gedanken zu bringen.

Stella kommt tatsächlich nicht drauf, und als ich ihr verrate, um wen es sich handelt, kann sie es kaum fassen.

»Echt wahr? Luna war bei dir? Wie cool ist das denn!«

Freut sich Stella jetzt wirklich für mich? Oder ist sie nur scharf darauf, vielleicht irgendwann bei mir die berühmte Luna kennenzulernen?

Stopp, Sunny!, befehle ich mir selbst. Eifersucht ist doch kindisch. Immerhin bin ich jetzt mit beiden befreundet. Und Stella brennt darauf, zu erfahren, wie es dazu gekommen ist. Also erzähle ich in aller Ausführlichkeit von den Ereignissen am Wandertag und wie Luna und ich dann in der Schutzhütte stundenlang geredet und dabei festgestellt haben, dass wir uns gar nicht so unähnlich sind.

»Auf einmal habe ich verstanden, warum sich Luna immer so abweisend verhält. Sie hat fast so viele Schulwechsel hinter sich wie ich, und immer, wenn sie in eine neue Klasse kommt, wird sie dort angegafft wie eine Außerirdische. Sie war nie lange genug an einer Schule, um dort enge Freundschaften zu schließen, und bevor ich dich kennengelernt habe, ging es mir ganz genauso. Ich kann gut nachempfinden, wie einsam sie sich im tiefsten Inneren fühlt«, sprudelt es aus mir heraus. Denn erst in diesem Moment, in dem ich es Stella erzähle, wird mir das alles so richtig klar.

»Was ist denn so alienhaft an Luna?«, erkundigt sich Stella. »Blaue Haare sind zwar nicht gerade alltäglich, aber an den Anblick gewöhnt man sich doch bestimmt schnell.«

»Es sind ja nicht nur die Haare«, erkläre ich. »Luna ist einfach anders als alle. Natürlich gibt es viele Mädchen und auch Jungs, die gerne mit ihr befreundet wären. Aber die meisten wollen sich nur in ihrem Ruhm sonnen.«

Ja, wirklich: Eigentlich hat Luna es noch schwerer als ich. Zwar sind alle supernett zu ihr, doch niemand macht sich die Mühe, hinter ihre Fassade zu schauen. Wie soll Luna da unterscheiden, wer es ehrlich mit ihr meint und wer nicht? Ist es wirklich Luise-Nadine, die alle so gernhaben, oder doch eher die berühmte Moderatorin Luna, die auf dem Bildschirm so obercool wirkt und die tollsten Newcomer-Künstler interviewen darf? Kein Wunder, dass Luna ein tiefes Misstrauen gegen alle hegt, die zu sehr an ihr interessiert sind. Deshalb hat sie sich einen Schutzpanzer zugelegt und reagiert hochmütig und ablehnend statt freundlich und aufgeschlossen.

»Ich glaube, Luna ist ganz schön einsam, trotz ihrer Berühmtheit. Oder besser gesagt: genau deswegen«, sage ich.

»Berühmtheit?«, echot Stella.

»Übrigens musste sie unheimlich lachen, als ich ihr gestand, dass ich ihre Sendung noch nie gesehen habe!«, fahre ich fort mit meinen Erinnerungen an die Nacht in der Schutzhütte, ohne auf Stellas Zögern zu reagieren.

»Welche Sendung?«, fragt sie jetzt.

»Na, die *Luna-Show*!«

»*Luna-Show?* Nie gehört«, gesteht Stella – und jetzt bin ich diejenige, die darüber unheimlich lacht. Mir war doch tatsächlich entfallen, dass Stellas Eltern ganz bewusst gar keinen Fernseher haben und sie sich, was TV-Stars betrifft, kein bisschen auskennt. Ich kläre sie auf und bin im tiefsten Inneren wahnsinnig erleichtert, dass ich mich geirrt habe: Stella kann überhaupt nicht für Luna Friedrich geschwärmt haben, weil sie sie gar nicht kennt!

Bevor wir uns verabschieden und versprechen, bald einen neuen Besuchstermin festzulegen, erzähle ich Stella noch den Schluss der Geschichte: wie wir ganz früh am nächsten Morgen von einem Suchtrupp aufgespürt wurden, auf der Holzbank dicht aneinandergekuschelt und schlafend. Dass Dörte, Lunas Eltern, Frau Sievert, Timms Mutter, unsere Mitschüler und einfach alle glücklich über unsere Rettung waren. Und wie entsetzt die Lisa-Clique darauf reagiert hat, dass Luna und ich jetzt ein ziemlich gutes Team sind …

Nach dem Telefonat gehe ich nachdenklich in die Küche. Einerseits bin ich total happy, dass ich jetzt zwei gute Freundinnen habe, andererseits komme ich mir fast wie eine Verräterin vor: Ich fühle mich inzwischen in Köln gar nicht mehr so unwohl. Wenn ich ehrlich bin, wünsche ich mir überhaupt nicht mehr, dass Dörte und ich wieder wegziehen. Irgendwie habe ich den Eindruck, dass Luna mich dringender braucht als Stella.

Als ich sehe, dass Dörte den Abendbrottisch nur für zwei gedeckt hat, bin ich sofort alarmiert: »Du hast dich doch hoffentlich nicht mit Martin zerstritten!«, rufe ich erschrocken aus.

Doch Dörte beruhigt mich: »Nein, Martin hat heute Abend eine Lehrerkonferenz. Zwischen uns ist alles bestens. Aber lieb, dass du dir Sorgen machst.«

Tue ich doch gar nicht! Oder doch?

Irgendwie schon, muss ich zugeben. Dass Dörte und Martin sich trennen, wäre jetzt das Letzte, was ich mir wünsche. Ich atme auf und nehme mir vor, den beiden zu Weihnachten ein romantisches Candle-Light-Dinner zu schenken. Damit sie sich bloß nicht so bald entlieben!

10

»HI, SUNNY, gut siehst du heute aus«, begrüßt mich Clara, als ich den Klassenraum der 9 a betrete.

Wie bitte? Hat die etwa Fieber? Oder wo ist die versteckte Kamera?

»Hi«, antworte ich verwirrt und bahne mir den Weg zu meinem Platz.

»Cooles Shirt!« Marie strahlt mich an. Ich schaue mich um, aber hinter mir steht niemand, den sie meinen könnte. Offenbar spricht sie ernsthaft mit mir.

»Das ist doch schon uralt«, gebe ich erstaunt zurück.

Mein dunkelgrünes Lieblingsshirt hatte ich schon so oft an, dass mir jede Bemerkung über dieses Teil genauso überflüssig erscheint wie darüber, dass ich Justin Bieber für einen Vollpfosten halte.

Kopfschüttelnd setze ich meinen Weg fort, doch ich komme nicht weit.

»Das war wirklich ein granatenstarker Aufsatz, den du da gestern vorgelesen hast!«, ruft mir Ben zu. Derselbe Ben, der sich selten über andere Dinge als Fußball oder Computerspiele äußert. Dass er überhaupt zugehört hat, als ich meine Erörterung über die Frage *Schuluniform* –

pro und kontra vorgelesen habe, grenzt an ein mittleres Wunder. Dass er mich jetzt darauf anspricht, lässt mich fast daran zweifeln, ob ich wirklich wach bin. Vielleicht ist das alles ja ein völlig verrückter Traum?

Offenbar nicht, denn als ich endlich zu unserer Bank durchdringe, sitzt Luna schon da und grinst mich breit an.

»Na, wie gefällt es dir, so angehimmelt zu werden?«

Ich ziehe eine Grimasse. »Angehimmelt? Ich? Warum denn das?«

»Tja, anscheinend hat sich herumgesprochen, dass ich dich diese Woche besucht habe. Damit bist du in den Augen gewisser Leute quasi zur **very important person** befördert worden.«

»Das ist doch verrückt: Letzte Woche war ich für die meisten hier noch vollkommen uninteressant, kaum jemand hat auch nur Hallo zu mir gesagt.«

Dieselben Mitschüler, die mich bisher wie Luft behandelt haben, tun jetzt so, als hätte ich VIP-Status? Da komm ich nicht mit.

»Die musst du nicht ernst nehmen«, winkt Luna ab. »Das sind alles Trittbrettfahrer. Mich wundert es nicht, dass unsere Freundschaft für allerhand Wirbel sorgt. Sobald man mal im Fernsehen war, reagieren die Leute völlig durchgeknallt. Und das kriegst du jetzt auch ab.«

Ich schlucke. So fühlt sich das also an? Mir ist natürlich klar, dass sich weder Clara noch Marie oder Ben auch nur die Bohne für mich interessieren, sonst wären sie von Anfang an so nett zu mir gewesen und nicht erst, seit ich als Lunas Freundin gelte. So geht es Luna also ständig.

Ich frage mich, warum so viele Leute unbedingt berühmt werden wollen. Diese Begleiterscheinungen sind einfach nur nervig. Nichts, worauf ich scharf wäre.

Plötzlich steht Lisa Spatzenhirn vor unserem Tisch, aufgedonnert, als hätte sie gleich einen Termin auf dem roten Teppich. Sie trägt trotz des eisigen Herbstwetters einen kurzen Rock und hohe Stiefel, ein knallenges Shirt und darüber eine winzige ärmellose Weste aus Fellimitat. Wie immer ist sie perfekt geschminkt. Ich kann gar nicht anders, als wie gebannt ihre knallorangefarbenen Lippen anzugaffen, die sich jetzt bewegen. Gleichzeitig dringen quakende Geräusche an mein Ohr, die ich eindeutig als Lisas Stimme identifiziere. Doch was ich da höre, muss eine Sinnestäuschung sein. Oder hat sie tatsächlich mich angesprochen?

»Ähm – wie bitte?«, erwidere ich überrascht.

»Na ja«, wiederholt Lisa. »Ich feiere übermorgen eine Halloween-Party und möchte dich gerne dazu einladen.«

»Mich?« Ich bin so fassungslos, dass ich nur im Telegrammstil antworten kann.

»Klar, dich, Sunny. Ich würde mich freuen, wenn du Zeit hättest. Und ganz besonders geehrt würde ich mich fühlen, wenn auch du mitkämst, Luna.«

Ach, daher weht der Wind! Über mich an Luna rankommen – das hat sich Miss Spatzenhirn ja fein ausgedacht. Aber nicht mit mir! Ich lasse mich doch nicht für ihre billigen Tricks missbrauchen.

»Also, ich denke eher nicht, dass ich …«, lege ich schon los, da tritt mir Luna unterm Tisch unauffällig ans Bein.

Mein »Auuuuutsch« geht völlig unter in Lunas hyperfröhlicher Antwort: »Super Idee, liebe Lisa, da kommen wir doch gerne, stimmt's, Sunny? Wir treffen uns vorher bei mir und gucken mal, was wir Schönes zum Anziehen finden. Das wird sicher cool!«

Ich werfe ihr einen Jetzt-hast-du-wohl-völlig-den-Verstand-verloren-Blick zu, doch sie zuckt nur mit den Schultern, zwinkert mir verstohlen zu und lässt sich dann von Lisa die Adresse geben. Kommt es mir nur so vor, oder leuchtet das Grün ihrer Augen dabei besonders intensiv?

Als Miss Spatzenhirn endlich abgezogen ist, beugt Luna sich zu mir und flüstert: »Warte, bis du meinen Vorrat an Halloween-Scherzartikeln gesehen hast. Wir werden diese Tussi-Party mal so richtig aufmischen!«

Zwei Tage später ist es so weit. Ich fahre direkt nach der Schule mit Luna nach Hause. Sie wird, wie immer, von einem Chauffeur abgeholt. Zum ersten Mal im Leben sitze ich in einer Luxuslimousine und komme mir vor wie in einem Kitschfilm. Fehlt nur noch die schnulzige Geigenmusik. Doch stattdessen verbindet Luna ihren MP3-Player mit der Stereoanlage des Wagens, und gleich darauf wippen wir alle – inklusive des Chauffeurs – im Rhythmus der Musik.

»Krasser Song. Ist das *Sunrise Avenue*?« Die tiefe Stimme des Sängers erinnert mich an die von Samu Haber, wenn auch der Musikstil eher zu *Flo Rida* passen würde.

»Nein, das ist eine Newcomer-Band. *Sunny Days* heißen die und kommen aus Berlin. Cool, oder?«

Sunny Days – das kann doch kein Zufall sein!

»Unglaublich«, sage ich und meine damit sowohl die Musik als auch die Schicksalsfügung, dass die Band ausgerechnet diesen Namen hat.

In dem Moment biegt die Limousine ab. Ein schmiedeeisernes Tor öffnet sich wie von Geisterhand, und wir fahren auf einem mondänen Kiesweg durch eine Art Park.

»**Das** ist euer Haus?«, platze ich heraus.

Das Appartement, in dem Dörte und ich wohnen, würde in diese Villa locker zwanzig Mal hineinpassen, grob geschätzt. Ein Hausmädchen in schwarzem Kleid mit weißer Schürze öffnet uns die Haustür. Das ist ja wie bei Royal Pains, denke ich und erwarte jeden Moment, dass ein gut aussehender, junger Arzt mit einer indischen Assistentin um die Ecke biegt. Aber im Hause Friedrich sind alle gesund. Luna bestellt bei Penny, dem irischen Hausmädchen, ein paar Sandwiches, und Penny verspricht, sie uns gleich in Lunas Zimmer zu bringen.

»Essen wir nicht alle zusammen?«, frage ich erstaunt.

»Meine Oldies sind eh nicht da, die kommen erst spät von der Arbeit nach Hause. Meist esse ich alleine oder zusammen mit Penny in der Küche. Los, komm, wir verschwinden in meinem Zimmer.«

Eigentlich hätte ich erwartet, dass sich dieses Zimmer in Wahrheit als tennisplatzgroßer Wohnbereich entpuppt, mit unzähligen Fotos von Luna an der Wand, auf denen sie mit irgendwelchen Musikgrößen posiert. Aber nichts dergleichen: Hier sieht es gar nicht so viel anders aus als bei mir. Sie hat sogar einen ähnlichen Farbgeschmack – eine Wand ist mintgrün gestrichen, eine andere fliederfarben. Ich liebe diese Kombination.

Nachdem Penny die Sandwiches serviert hat, essen wir auf und fangen dann an, uns umzuziehen. Ich habe eine schwarze Jeans dabei, ein schwarzes Kapuzensweatshirt und schwarze Schnürstiefel. Natürlich ist Lunas Kostüm viel aufwendiger: Sie geht als Zombie-Piratin und sieht trotz des zerfetzten Kleides, der kunstvoll verwirrten Haare und der schwarz umrandeten Augen richtig gut aus. Mir schminkt sie noch schnell eine fiese Wunde mitten ins Gesicht und verpasst mir einen Trickverband, der so aussieht, als hätte eine Riesenschraube mein Handgelenk durchbohrt. Dann machen wir uns auf den Weg zu Lisa Spatzenhirn – natürlich nicht, ohne vorher unsere Taschen mit so vielen Horror-Scherzartikeln wie möglich vollzustopfen.

Lisa öffnet die Tür und kreischt »Wohoooooo, Luna und Sunny sind da!«, was noch viel gruseliger klingt, als ihr Outfit aussieht.

»Ich bin die Oberhexe«, erklärt sie lauter als nötig und sonnt sich dabei in der Aufmerksamkeit ihrer Gäste.

»Aber dazu hättest du dich doch gar nicht verkleiden müssen«, kann Luna sich nicht verkneifen. Eigentlich ist das ja ganz schön frech, aber interessanterweise tut Lisa Spatzenhirn so, als hätte Luna einen grandiosen Scherz gemacht, und lacht sich halb schief.

Dann geht ihr aufgedrehtes Gekicher in einen schrillen

Schrei über, denn um ein Haar wäre sie in etwas hineingetreten, das wie frisch Erbrochenes aussieht.

»Igitt, wie eklig! Wer war denn das?«, quietscht sie.

»Keine Ahnung«, behauptet Luna und kratzt sich dabei am linken Ohrläppchen. Dann wendet sie sich mir zu. »Hast du auch solchen Hunger? Los, wir schauen mal, was es Gutes gibt.«

Außer mir hat niemand beobachtet, wie Luna die Kunstkotze auf den Boden hat gleiten lassen. Und Lisa ist voll drauf reingefallen. Das fängt ja gut an.

Leider geht es nicht genauso gut weiter, denn kaum haben wir den Partykeller betreten, wird Luna von Fans umringt, und diesmal kann sie ihnen nicht entfliehen. Luna macht gute Miene zum bösen Spiel und gibt ein paar Autogramme, während ich – jetzt wieder uninteressant für die anderen – etwas abseits stehe, Rhabarbersaftschorle trinke und die Mumien, blutigen Krankenschwestern, wandelnden Leichen, Skelette, Horror-Clowns und sonstigen Monster beobachte, die sich über die gleichen langweiligen Themen unterhalten wie immer: Klatsch und Tratsch, Stars und Sternchen, Autos und Computerspiele. Gähn.

Und die arme Luna mittendrin. Keine Chance, sie aus den Klauen der Promi-Geier zu befreien. Eigentlich ist sie ja selbst schuld. Ich wollte schließlich absagen, aber sie hat darauf bestanden, dass wir hier aufkreuzen, um … ja, genau: um Lisas Party mit den Scherzartikeln aufzumischen! Wie konnte ich das nur vergessen? Ich fasse mit einer Hand in die Kängurutasche meines Kapuzensweaters und ertaste Lunas Horrorschätze, die mir gleich die Langeweile vertreiben werden.

Als Sarah in der Verkleidung als Mumie wenig später ein schwimmendes Plastikauge auf der Kürbiscremesuppe entdeckt und hysterisch aufschreit, mache ich ein unschuldiges Gesicht. Kurz darauf ertönt der Schrei »Igitt, Riesenspinnen auf dem Kuchen«, und ich weiß, dass auch mein nächster Streich erfolgreich war. Kann nicht mehr lange dauern, bis irgendwer auch die Pseudowürmer entdeckt, die jetzt in der Saftbowle schwimmen. Einundzwanzig – zweiundzwanzig – dreiundzwanzig – »BÄÄÄÄÄÄÄÄH, PFUI, DA SIND JA MADEN DRIN!«, krakeelt Lisa Spatzenhirn drei Sekunden später.

Strike!

Das muss ich Luna erzählen. Wo steckt sie überhaupt? Inzwischen scharen sich alle um Lisa, die angesichts der Würmer-Bowle der Ohnmacht nahe scheint. Wie praktisch, dann haben meine Streiche ja gleichzeitig als Ablenkungsmanöver für Lunas aufdringliche Fans funktioniert.

Da fällt mein Blick in die etwas dunkle Ecke, in der ich vorhin noch selbst stand und die Szene beobachtet habe. Ich entdecke Luna, doch sie ist keineswegs alleine, sondern unterhält sich angeregt mit Paul, der bis auf ein Totenkopf-T-Shirt vollkommen normal angezogen ist. Sofort schlägt mein Herz ein klein wenig schneller. Seit wann ist er denn hier? Bestimmt ist Paul gerade erst angekommen, sonst hätte ich ihn längst entdeckt. Am liebsten würde ich sofort zu ihm rübergehen und unser nettes Gespräch von neulich wieder aufnehmen. Hey, Paul, könnte ich sagen und auf meine Spaßwunde deuten, mein Knie ist zwar wieder verheilt, aber jetzt hab ich mir das Handgelenk verletzt. Das fände er bestimmt lustig.

Doch ich will nicht stören. Mannomann, die zwei scheinen ja allerhand zu bereden zu haben. Wer weiß, vielleicht steht Paul ja auf Luna? Und sie auf ihn … Eigentlich ist das sogar ziemlich naheliegend. Immerhin sind sie die beiden einzigen netten Leute auf dieser Party. Von mir selbst einmal abgesehen, haha. Aber ein so gut aussehender Typ wie Paul interessiert sich wohl eher für ein Mädchen wie Luna. Sie ist cool, selbstbewusst, schlagfertig und fällt bestimmt niemandem versehentlich vor die Füße. Vielmehr gehen Jungs freiwillig vor ihr auf die Knie.

Plötzlich habe ich keine Lust mehr, hierzubleiben. Ich schnappe mir meine Jacke und mache mich auf den Heimweg, ohne mich von irgendjemandem zu verabschieden.

Während ich durch die verregneten Straßen laufe, denke ich traurig darüber nach, dass ich wohl nicht beides haben kann – eine Freundin, die mit mir durch dick und dünn geht, **und** einen Jungen, der sich in mich verliebt. Jedenfalls nicht, solange der einzige Kandidat, der dafür infrage käme, nur Augen für Luna hat.

11

»ICH VERSTEHE IMMER NOCH NICHT SO RICHTIG, warum du am Freitag einfach abgehauen bist«, sagt Luna.

Es ist Montagmittag, wir sitzen in der Cafeteria unserer Schule und stärken uns, bevor die Nachmittags-AGs losgehen. Ich habe mich schließlich doch für die Sanitäts-AG entschieden, was mir nach unserem Abenteuer im Wald relativ sinnvoll erschien, und Luna besucht den »Schnupperkurs Spanisch«.

»Warst du irgendwie sauer auf mich oder so, weil ich mich zu wenig um dich gekümmert habe?«, bohrt sie weiter.

Ich schiebe rasch ein Stück Pizza in meinen Mund, um nicht sofort antworten zu müssen. Dass ich eifersüchtig war, kann ich unmöglich zugeben. Mir muss schnell eine Ausrede einfallen!

Irgendwann habe ich zu Ende gekaut und geschluckt. Also sage ich das Erstbeste, was mir einfällt: »Ach, mir war einfach irgendwie schlecht. Lag wahrscheinlich an der Rhabarbersaftschorle«, behaupte ich.

Ich sehe Luna an, dass sie mir nicht so recht glaubt, aber

bevor sie nachhaken kann, naht Rettung – und zwar ausgerechnet in Gestalt von Lisa und Sarah.

»Ist bei euch noch frei?«, fragt Lisa siegesgewiss und will schon ihr Tablett auf unseren Tisch stellen und sich selbst auf einen der unbesetzten Stühle pflanzen.

»Ähm«, stammele ich hilflos, doch zum Glück ist Luna nicht auf den Mund gefallen. Sie macht ein todernstes Gesicht, beugt sich ein wenig vor und schenkt Lisa einen intensiven Blick, als wollte sie sie hypnotisieren: »Du, Lisa, lieb von euch, dass ihr uns Gesellschaft leisten wollt, aber heute ist das ganz schlecht. Wir sind gerade dabei, etwas voll Intimes zu besprechen. Da würdest du doch auch keine Zuhörer wollen, oder? Nächstes Mal vielleicht.«

Ich beiße mir auf die Lippen, um mir das Lachen zu verkneifen, denn es ist wirklich urkomisch, wie Lisa und Sarah eifrig nicken, verständnisvoll gucken und dann abzwitschern.

»Super Trick.« Ich grinse. »Die sind voll drauf reingefallen – und nicht mal beleidigt, dass du sie hast abblitzen lassen.«

»Was heißt hier Trick? Ich habe die volle Wahrheit gesagt!«, erwidert Luna.

Sie ist wohl nicht nur eine begabte Moderatorin, sondern auch eine richtig gute Schauspielerin.

Oder meint sie das etwa ernst?

»Eigentlich wollte ich dich das schon auf der Halloween-Party fragen, aber dann warst du plötzlich weg«, sagt sie und setzt auf einmal eine verschwörerische Miene auf. »Sag mal – was hältst du eigentlich von Paul?«

Vor lauter Schreck vergesse ich sogar, in meine Pizza zu beißen, um Zeit zu schinden. Ich starre Luna nur ungläubig an.

»Du kennst doch Paul – der Typ von der Schülerzeitung, der mich vor den Ferien interviewt hat. Hast du nicht neulich auch mit ihm geredet?«

»Oh, ja, ach, **den** Paul meinst du.«

Den einzigen Paul, den ich kenne, den Jungen, der mein Herz bei jeder Begegnung höherschlagen lässt. Kann Luna etwa Gedanken lesen? Gerade eben habe ich ihn am anderen Ende der Cafeteria entdeckt. Er sitzt mit ein paar anderen Zehntklässlern zusammen, löffelt einen Eintopf und sieht von allen Jungs am Tisch mit Abstand am besten aus. Nicht, weil er besonders gestylt wäre, im Gegenteil. Seine Locken haben wohl noch nie Gel gesehen, er trägt einfach nur Jeans, ein gestreiftes Hemd und Chucks. Seine Nickelbrille nicht zu vergessen, die total süß aussieht. Mittlerweile mag ich sogar seinen Ohrstecker so richtig, denn er lässt ihn ein klein wenig verwegen wirken.

Am liebsten wäre ich damit herausgeplatzt, dass ich Paul von allen Jungs an der Schule am nettesten finde, als mir einfällt, dass Luna bestimmt selbst auf ihn steht.

»Scheint ganz okay zu sein«, antworte ich stattdessen. »Ich kenn ihn ja kaum. Warum fragst du?«

Ich bin gespannt, ob Luna ehrlich zugibt, dass sie in ihn verknallt ist.

Doch Luna druckst herum. »Na ja, er wirkt ganz sympathisch. Aber du weißt ja, dass ich vorsichtig bin, was Freundschaften betrifft.«

»Du stehst auf ihn, meinst du das?«

»Unsinn, ich stehe grundsätzlich nur auf Musiker, vor allem auf Bassisten und Drummer. Paul finde ich höchstens als Kumpel gut. Du weißt schon – als platonischen Freund. Ohne Hintergedanken.« Dabei zupft sie sich mit der Hand am linken Ohrläppchen – eine Eigenart, die ich neulich erst beobachtet habe. Wann war das noch gleich?

Bevor ich weiter darüber nachdenken kann, lässt Luna endlich die Katze aus dem Sack: »Ich muss wissen, ob Paul es mit der Freundschaft ehrlich meint oder ob er auch nur einer dieser Promi-Jäger ist, die es cool finden, die Handynummer eines Mädchens zu haben, das die meisten nur aus dem Fernsehen kennen. Hilfst du mir dabei?«

»Klaro. Aber wie?«

»Du könntest ein Auge auf ihn haben. Dich vielleicht unter irgendeinem Vorwand mit ihm treffen, dich mit ihm unterhalten und herausfinden, wie er so tickt. Wenn du ihm vertraust, tue ich es auch.«

Ich kann es kaum glauben: Luna verlangt ernsthaft von mir, mich mit Paul zu verabreden? Und sie ist wirklich nicht in ihn verknallt? Besser kann's ja nicht kommen!

Luna deutet mein Zögern falsch. »Och, bitte, Sunny! Wen könnte ich denn sonst um diesen Gefallen bitten, wenn nicht meine beste Freundin?«

Beste Freundin! Das ist das erste Mal, dass Luna mich so nennt. Vor Freude macht mein Herz einen Satz, und ohne noch länger nachzudenken, antworte ich spontan: »Du kannst dich auf mich verlassen!«

Selbstverständlich verspreche ich ihr, Paul zu checken. So etwas machen Freundinnen nun mal füreinander.

Auf dem Heimweg überlege ich, was das Projekt *Paul überprüfen* für mich bedeutet: Ich werde viel Zeit mit ihm verbringen können. Wer weiß, vielleicht mag er mich ja auch? Womöglich sogar mehr als Luna?

Zum Glück ist Luna nicht in ihn verknallt, denn dann wäre er für mich tabu. Dass man der besten Freundin nicht den Liebsten abluchst, ist schließlich ein ungeschriebenes Gesetz, das sogar ich kenne.

Wie könnte ich ihn in ein Gespräch verwickeln? Oh, ich weiß: Ich lade ihn einfach zu einem Kakao in der Cafeteria ein, um mich dafür zu bedanken, wie nett er sich neulich nach meinem Sturz um mich gekümmert hat. Oder ist das zu aufdringlich? Hm. Vielleicht doch lieber anders.

Wie wär's damit: Ich frage ihn, wann die neue Schülerzeitung erscheint und ob noch genug Zeit ist, meine Antwort auf seine Frage zu korrigieren. Es ist nämlich voll super, neben Luna zu sitzen, weil sie echt witzig und total spontan ist.

Genau so mach ich's!

Als ich nach Hause komme, bin ich voller Tatendrang. Da hilft nur eins: Tanzen!

Ich lege eine CD von Aloe Blacc auf, drehe die Lautstärke hoch und powere mich zu *Wake me up* voll aus. Der Song ist ziemlich schnell, und ich bin schon bald außer Atem. Zwischen einem Sprung und einer Drehung fällt mir auf, wie gut der Titel passt – ich fühle mich momentan selbst so, als wäre ich gerade aus einem wundervollen Traum geweckt worden: Meine neue beste Freundin hat mich offiziell damit beauftragt, mich an den Jungen heranzumachen, für den ich insgeheim schwärme. Besser geht's kaum!

Ich lese mir die Trackliste durch und entdecke noch einen Titel, der perfekt passt: *Can you do this?* Zum ersten Mal hat mich Luna gebeten, ihr einen Gefallen zu tun, und ich finde es cool, ihr damit einen Freundschaftsbeweis liefern zu können. Und das meine ich total ehrlich, unabhängig von dem angenehmen Nebeneffekt, dass das Ganze mit Paul zu tun hat.

Fast hätte ich das Telefon überhört, so laut ist die Musik. Ich drehe sie leiser und melde mich atemlos.

»Hallo? Sunny Baltumeit am Apparat.«

»Sunny, ich bin's! Hach, gut, dass du da bist, ich muss dir dringend was erzählen«, jubelt Stella in mein Ohr. Diesmal klingt sie zum Glück viel fröhlicher als bei ihrem letzten Anruf.

»Hast du eine Eins in Mathe? Bekommst du zu Weihnachten einen Fernseher? Sind die Katarius-Zwillinge im Matsch ausgerutscht und haben sich ihre Designerklamotten besudelt?«, rate ich munter drauflos.

»Viiiiiel besser!« Stella lacht. »Ich habe ein Date. Ein Date mit Colin!«

Ich staune nicht schlecht. Colin O'Reilly ist einer der umschwärmtesten Jungs der ganzen Schule. Sein Vater ist Ire, und auch er selbst hat einen ganz süßen Akzent, weil er die ersten Jahre seines Lebens in Dublin aufgewachsen ist.

Ich beglückwünsche Stella von ganzem Herzen und höre zu, wie sie von ihm schwärmt: »Er ist unglaublich süß und hat so hübsche Augen ... Hach! Und wusstest du, dass er voll gut Geige spielt? Aber nicht auf so eine langweilige klassische Art, sondern total cool. Er sagt auch gar nicht Geige dazu, sondern *Fiddle*. Aber egal, am wichtigsten ist: Er hat mich gefragt, ob ich seine Abschlussballpartnerin sein will. Ist das genial, oder ist das genial?«

»Voll genial!«, freue ich mich mit ihr.

Plötzlich fährt ein Gedanke durch meinen Kopf, und ich frage sie: »Sag mal, Stella, angenommen, du wärst an diesem Colin nur rein platonisch interessiert, aber eine Freundin würde für ihn schwärmen. Wäre es dann okay für dich, wenn sie ihn angräbt?«

»Niemals, die Freundin könnte ganz schön was erleben, denn ich glaube nicht an rein platonische Freundschaften mit Sahneschnittchen wie Colin. Wer so etwas behauptet, ist entweder nicht ganz bei Trost, oder er lügt!«

Noch lange nachdem wir das Gespräch beendet haben, klingen Stellas Worte in meinem Kopf nach wie ein Echo. Dass Luna nicht ganz bei Trost ist, kann ich definitiv ausschließen. Dazu ist sie viel zu witzig und zu clever.

Lügt sie also?

Exakt in diesem Moment fällt mir ein, in welcher Situation ich sie schon einmal dabei beobachtet habe, dass sie sich am Ohrläppchen kratzte: Das war auf Lisa Spatzenhirns Party. Luna hat behauptet, keine Ahnung zu haben, wo diese widerliche Kunstkotze herkam. Dabei war sie es selbst gewesen, die den Plastikglibber heimlich vor Lisas Füßen platziert hatte.

Und hat Luna nicht auch letzte Woche im Unterricht an ihrem Ohr herumgefummelt, als sie Herrn Faber weismachte, sie hätte ihre Französisch-Hausaufgaben zu Hause liegen lassen? Ich weiß ganz genau, dass sie einfach nur keine Lust hatte, sie zu erledigen.

Mit einem Mal wird mir klar: **Sie tut das immer, wenn sie lügt!**

Aber was bedeutet das für mich? Wenn das Kratzen am linken Ohrläppchen wirklich ein Zeichen dafür ist, dass Luna schwindelt, dann heißt das doch nichts anderes, als dass sie mir vorhin auch nicht die reine Wahrheit erzählt hat.

Ich schlucke. Jetzt wird's knifflig: Was von dem, was sie gesagt hat, war geschwindelt? Oder anders gesagt: Wann genau hat sie das Ohr berührt? Als sie mich fragte, was ich von Paul halte? Nein, da noch nicht. Als sie mich bat, ein Auge auf ihn zu haben? Nein, da auch nicht. Es war, als sie behauptete, kein bisschen in ihn verliebt zu sein.

Wie hat sie es formuliert? *Paul finde ich höchstens als Kumpel gut. Du weißt schon – als platonischen Freund. Ohne Hintergedanken.* Ja, genau das hat sie gesagt. Und sich im gleichen Augenblick selbst als Lügnerin entlarvt.

Mist.

Meine Aloe Blacc-CD ist inzwischen beim vorletzten Song angelangt. Er trägt den vielsagenden Titel *Ticking Bomb.*

Wie passend! Dieser Freundschaftsdienst, um den Luna mich gebeten hat, kommt mir auf einmal auch wie eine tickende Zeitbombe vor.

Sie schwärmt für Paul, denkt aber, ich würde glauben, dass sie ihn nur als Kumpel schätzt.

Ich schwärme für Paul, was Luna aber nicht erfahren darf, weil sie mir sonst nicht mehr vertraut.

Was kann ich also tun?

Nach reiflichem Überlegen beschließe ich, die Sache einfach auf mich zukommen zu lassen. Wenn ich Luna zuliebe mit Paul einen Kakao trinken gehe, dann kann ich das ja trotzdem genießen – auch ohne dass mehr daraus wird.

Außerdem hätte ich bestimmt eh keine Chance bei ihm. Im Vergleich zu Luna bin ich in etwa so attraktiv und so interessant wie ein Spatz neben einem Pfau.

Also: Was kann schon passieren?

12

»Warum bist du denn so nervös?«, fragt Dörte, als ich zum dritten Mal den Frühstückstisch verlasse, um auf Toilette zu gehen. »Oder hast du dir etwa die Blase verkühlt?«

»Bestimmt nicht!«, wehre ich ab, denn ich ahne, was dann käme: Dörte würde mir ihren widerlich schmeckenden Blasen- und Nierentee verordnen, und dann ginge es mir erst richtig schlecht. »Wir schreiben heute vielleicht einen Mathetest«, improvisiere ich, »und deshalb bin ich einfach ein bisschen angespannt.«

»Na, dann ist es ja gut«, meint Dörte. »Ich drück dir die Daumen.«

»Danke«, sage ich und fühle mich schlecht dabei, dass ich meine Mutter angelogen habe. Aber hätte ich ihr etwa erzählen können, warum ich wirklich so unruhig bin? Undenkbar! Dörte wäre imstande gewesen, sofort eine Selbstbewusstseinsübung mit mir zu machen. Womöglich hätte sie mich gezwungen, zwanzig Mal laut und deutlich zu verkünden: »Ich bin ein cooles, attraktives Mädchen! Jeder Junge kann sich glücklich schätzen, wenn ich mich für ihn interessiere!«

Auf diese peinliche Tortur verzichte ich lieber. Ich denke, da ist eine kleine Notlüge durchaus angebracht.

Mich selbst kann ich dagegen nicht belügen. Ich stecke bis zum Hals voller Adrenalin, als ich in Richtung Schule marschiere und mir dabei ausmale, wie ich locker-flockig mit Paul ins Gespräch komme. In meiner Phantasie funktioniert das schon mal richtig gut. Aber bin ich im wirklichen Leben genauso cool?

In den ersten beiden Schulstunden kann ich mich kaum konzentrieren. Das fällt sogar Luna auf, doch sie sagt nichts, sondern zieht nur die Augenbrauen hoch. Zum Glück schreiben wir keinen Test, ich würde wahrscheinlich alles, was ich gelernt habe, durcheinanderwerfen.

In der ersten großen Pause versuche ich mein Glück und bin wild entschlossen, Paul auf jeden Fall anzusprechen. Doch zuerst kann ich ihn nirgends entdecken, und dann sehe ich ihn inmitten einer Horde Zehntklässler stehen. Die Sache ist mir nicht geheuer. Wie ein zufälliges Treffen wird es kaum aussehen, wenn ich mich zielstrebig dazwischendrängele. Nein, da warte ich lieber auf einen günstigeren Moment.

Die zweite Pause fängt auch nicht vielversprechender an. Zuallererst muss ich vor lauter Nervosität wieder auf die Toilette, was mich locker fünf Minuten kostet. Dann schaue ich mich auf dem Schulhof um, aber diesmal ist nicht einmal die Horde zu entdecken. Auch auf dem Affenfelsen sind sie nicht.

Erst kurz vor Ende der Pause sehe ich Paul und ein paar

seiner Klassenkameraden aus der Turnhalle kommen. Wahrscheinlich hatten sie in der vierten Stunde Sport und haben sich beim Umziehen Zeit gelassen.

Immerhin lässt die innere Unruhe jetzt nach, denn für heute gilt wohl Entwarnung. Das Projekt *Paul* wird aufgeschoben. Morgen kann ich einen neuen Versuch in Sachen Kumpel-Check starten. Denke ich jedenfalls. Deshalb bin ich völlig unvorbereitet, als mir Paul nach Schulschluss über den Weg läuft und so tut, als sei er es, der den ganzen Tag nach mir gesucht hat.

»Da bist du ja endlich!«, ruft er aus. Bevor ich antworten kann, fährt er fort: »Du, Sunny, ich müsste dringend was mit dir besprechen. Aber jetzt ist doof, ich muss zum Bus. Hast du heute Nachmittag was vor?«

Ich schüttele stumm den Kopf. Paul hat mich ganz schön überrumpelt. Dass mich das völlig sprachlos macht, scheint er gar nicht zu merken. »Also dann, um drei im Starbucks am Neumarkt. Okay?«

Ich nicke völlig perplex.

»Super«, freut er sich, »bis dann.« Und schon ist er weg.

»Läuft doch super«, kommentiert Luna, die plötzlich neben mir steht.

»Klar«, sage ich, »könnte gar nicht besser laufen.«

Dabei bemühe ich mich um eine möglichst unbeteiligte Miene, während in mir drin ein Wirbelsturm der Gefühle tobt. Ach, wäre ich doch nur auch so cool wie Luna. Sie kann ihre Schwärmerei für Paul komplett verbergen. Niemand, der es nicht weiß, würde darauf kommen, dass sie auf ihn steht. Während ich ihm wohl mit dermaßen schmachtendem Blick hinterherglotze, dass ich ebenso gut ein T-Shirt mit der Aufschrift **I ♥ Paul** anziehen könnte.

Zum Glück ist niemand zu Hause. Dörte mit ihren Psycho-Röntgenaugen hätte garantiert sofort geschnallt, wie es um mich steht. Ich seufze erleichtert, als ich ihre SMS lese:

> **Gehe mit Martin Flammkuchen essen, danach habe ich noch zwei Patienten. Wir sehen uns heute Abend! Hdl, Dörte.**

Ich überlege, mir rasch eine Portion Müsli zu machen, lasse es dann aber doch bleiben. Vor Aufregung würde ich bestimmt keinen Bissen runterkriegen! Nicht einmal Lust zu tanzen habe ich, und das will was heißen. Stattdessen lege ich Chill-Musik von Lana Del Rey auf und werfe mich aufs Bett, um mich endlich der Frage zu stellen, die mich seit über einer Stunde quält: Was in aller Welt hat Paul mit mir zu bereden?

Ich meine – wenn es ihm auch nur ansatzweise so ginge wie mir, dann würde er sich doch bestimmt anders ausdrücken! Kein Mensch sagt so etwas wie: *Ich habe etwas mit dir zu besprechen – und zwar meine überwältigenden Gefühle für dich.* Also steht er wohl eher nicht auf mich.

Ich seufze. Vielleicht besteht ja Hoffnung, dass er sich wenigstens auf den zweiten Blick in mich verliebt, wenn schon nicht auf den ersten?

Ich stelle mir vor, wie Paul mir durch die Gläser seiner Nickelbrille tief in die Augen schaut, dann mit einer Hand durch seine wuschelige Mähne fährt und mir gesteht, dass ich genau das Mädchen bin, von dem er schon immer geträumt hat …

Zufällig fällt mein Blick auf den Spiegel, der neben meinem Bett steht und den ich vor allem beim Tanztraining brauche, um mich selbst zu kontrollieren. Dass er mir schonungslos jede Schwäche zeigt, bin ich ja gewohnt, aber mein glühender Schmachtblick toppt jeden Schrittfehler, den ich bisher mitansehen musste.

Bleib cool, Sunny! Es wäre wohl klüger, wenn ich nicht ganz so verzückt dreinblicken würde, wenn ich ihn nachher treffe. Ich sollte akzeptieren, dass er an Luna interessiert ist.

Fragt sich nur: Was will er dann von mir? Will er mich etwa auch durch die Blume fragen, ob Luna womöglich auf ihn steht? Na toll: Und ich darf dann die Liebesbotin spielen, während mir selbst das Herz blutet.

In diesem Moment wird mir klar, wie lächerlich meine Gedanken sind. Offenbar ist Lana Del Reys melancholische Stimmung hochgradig ansteckend. Schon bei Schwimmbadwetter ist *Summertime Sadness* nichts für empfindsame Gemüter und im trüben Spätherbst schon gar nicht. Ich stoppe die CD und lege stattdessen Bruno Mars auf. Wenn man schon niedergeschlagen ist, muss man das nicht auch noch durch Depri-Songs verstärken. Im Gegenteil, Gute-Laune-Musik vertreibt trübe Gedanken so zuverlässig wie ein Stimmungsaufheller!

Als ich mich um kurz nach halb drei auf den Weg zum Neumarkt mache, bin ich dank *Just the way you are* und *Count on me* wieder voller Optimismus. Wird schon schiefgehen. Was auch immer Paul mir zu sagen hat, ich werde ganz einfach das Zusammensein mit ihm genießen. Immerhin sind wir in einem Café verabredet, nur er und ich. Das gilt als Date!

Paul ist schon da, als ich eintreffe. Ich bin kein großer Starbucks-Fan, eigentlich ist es mir hier zu teuer und zu ungemütlich. Aber mit Paul würde ich mich auch in einer Garage treffen und es dort noch romantisch finden.

Zuerst falle ich wieder dem Sprachlosigkeits-Effekt zum Opfer. Ich schmachte Paul bloß wortlos an und nicke hin und wieder. Zu spät wird mir klar, dass ich seinem Vorschlag, einen Tee zu trinken, zugestimmt habe. Dabei hasse ich Tee! Aber zu spät: Paul ist schon in Richtung Theke losmarschiert. Um nicht zickig zu wirken, ergebe ich mich in mein Schicksal und bleibe sitzen, anstatt hinterherzurennen und meine Bestellung zu ändern.

So schlimm schmeckt der Tee dann aber gar nicht. Im Gegenteil, er ist richtig lecker und duftet wunderbar nach Vanille. Paul hat auch zwei Blaubeer-Muffins mitgebracht. Woher weiß er, dass das meine Lieblingssorte ist?

»Cool, dass du heute Zeit hast«, sagt Paul.

»Es hat sich ja ziemlich dringend angehört«, gebe ich einigermaßen cool zurück.

Nur mein Lachen klingt eine Winzigkeit zu schrill – aber das kann auch an der Raumakustik liegen.

»Es geht um *OOOPS*, unsere Schülerzeitung. «

»Hm«, mache ich, zugleich erleichtert und enttäuscht, dass unser Treffen einen so stinknormalen Anlass hat. Damit ist es eher ein Meeting als ein Date. Aber Hauptsache, wir sitzen dicht nebeneinander und ich kann Paul unauffällig anhimmeln.

»Was ich dich fragen wollte: Könntest du dir vorstellen, für *OOOPS* Buchtipps zu schreiben? Bisher mache nur ich das, aber irgendwie fehlt da die weibliche Perspektive, findet Lea, unsere Chefredakteurin. Und ich natürlich auch. Dass du gerne liest, weiß ich ja, und Luna hat mir erzählt, dass du auch tolle Aufsätze schreibst. Du würdest also perfekt in unser Team passen. Na, was meinst du?«

Was ich meine?

»Ich bin dabei«, platze ich heraus und strahle Paul an.

Er strahlt zurück.

In den nächsten zwei Stunden dreht sich alles um eins meiner Lieblingsthemen: **Bücher!**

Paul steht auf Fantasy- und Abenteuerromane. Er hat sogar die alten Klassiker gelesen, die er bei seinen Eltern auf dem Dachboden gefunden hat: »Jules Verne ist genial, kennst du *Die Reise zum Mittelpunkt der Erde* oder *Der Kurier des Zaren*? Musst du unbedingt mal lesen! Und Jack London ist auch nicht übel. *Der Seewolf* ist mein Lieblingsbuch von ihm. Oder nein, eigentlich gefällt mir *Lockruf des Goldes* noch viel besser.«

»Ich glaube, die Literaturredaktion von *OOOPS* braucht wirklich dringend weibliche Verstärkung.« Ich grinse und erzähle ihm dann von meinen Lieblingsbüchern: *Die ge-*

stohlene Zeit von Heike Eva Schmidt, *Silber – das erste Buch der Träume* von Kerstin Gier, aber auch *Kuss au chocolat* und überhaupt alles von Gabriella Engelmann finde ich ziemlich klasse.

»Von *Silber* hab ich auch schon mal was gehört«, nickt Paul, »aber der Rest ist für mich wahrscheinlich so unbekannt wie für dich irgendwelche Piratengeschichten.«

»Hauptsache, es kommen keine Vampire vor«, sage ich aus tiefster Überzeugung.

»Oh ja, bloß keine Vampire!« Paul nickt ernst, und dann müssen wir beide schallend lachen.

Erst auf dem Heimweg fällt mir auf, dass wir zwar über unsere Lieblingsbücher, unsere Lieblingsautoren und unsere Lieblingstextstellen geredet haben, aber nicht mit einer Silbe über Luna. Dabei war doch genau das meine Mission: herauszufinden, wie Paul über sie denkt.

Erst habe ich ein ganz schön schlechtes Gewissen. Was bin ich doch für eine miese Freundin! Aber dann beschließe ich, dass man so etwas wie einen Kumpel-Check nicht überstürzen darf. Ein Treffen genügt da nicht. Beim nächsten Mal werde ich ihn unauffällig auf Luna ansprechen.

Die Aussicht auf weitere Dates mit Paul oder zumindest eine Begegnung in der *OOOPS*-Redaktion lässt mein Herz höherschlagen.

Aber was ist mit Luna?, mischt sich mein Gewissen schon wieder ein.

Sie hätte ja zugeben können, dass sie in Paul verknallt ist, anstatt mir dieses Kumpel-Märchen zu erzählen, wehre ich mich.

Und außerdem: Man wird ja wohl träumen dürfen!

13

HEUTE HABEN LUNA UND ICH unser Bio-Referat über heimische Waldpilze gehalten und von der Schnatterbeck darauf eine glatte Eins bekommen. Zur Feier des Tages kauft Luna nach der Schule Döner für uns beide. Wir lassen sie einpacken und nehmen sie mit zu mir nach Hause. Im Schneidersitz auf dem Boden meines Zimmers lassen wir uns das garantiert waldpilzfreie Essen schmecken.

Anschließend erledigen wir unsere Mathe-Hausaufgaben und hören uns gegenseitig die französischen Vokabeln ab. Endlich sind wir damit fertig und können ein bisschen chillen. Doch Luna hat eine andere Idee: Sie will unbedingt, dass ich ihr ein paar Hip-Hop-Moves beibringe.

»Ich bin doch keine Tanzlehrerin«, protestiere ich, doch das lässt sie nicht gelten: »Du kannst tanzen, ich nicht. Los, zeig mir, wie es geht!«

Lachend gebe ich nach. Luna kann wirklich sehr überzeugend sein, also erspare ich mir die lange Diskussion und erkläre ihr als Erstes, wie wichtig Körperbeherrschung ist. »Alles sieht zwar total easy aus, aber nichts geschieht zufällig, klar?«

Luna nickt eifrig. Als Nächstes zeige ich ihr den *Step Tap*, einen Grundschritt.

»Ein Schritt zur Seite, der andere Fuß folgt mit einem kleinen Sprung – und Ausgangsposition. Dann wieder von vorne, jetzt in die andere Richtung: Schritt zur Seite, Sprung, stehen. Und dabei nicht so zappeln, Luna, die Armbewegungen nehmen wir erst später dazu.«

Luna ist wahrlich kein Naturtalent! Aber sie beißt die Zähne zusammen und strengt sich wirklich an. Kein Wunder, dass sie es mit so viel Ehrgeiz zum TV-Star geschafft hat … Nach einer Weile ist sie so weit, dass wir eine kleine Drehung einbauen können, noch etwas später schafft sie es sogar, die Arm-Moves nachzumachen, die ich ihr zeige.

»Das nennt man *Waving*«, erkläre ich, »weil die seitlich ausgestreckten Arme eine fließende Wellenbewegung machen.«

Natürlich gerät Luna mehrmals aus dem Rhythmus, denn es ist gar nicht so leicht, Schritte und Armbewegungen zu verbinden, aber als ich dann *Talk Dirty* von Jason DeRulo auflege und wir beide dazu tanzen, klappt das gar nicht so übel.

Doch danach ist Luna völlig außer Puste. Mit hochrotem Kopf lässt sie sich auf einen Sessel sinken und verkündet, dass sie für heute genug hat. »Das ist ja Hochleistungssport. Hast du was zu trinken? Ich verdurste!«

Als ich mit einer Flasche Mineralwasser und zwei Gläsern aus der Küche zurückkomme, hat sich Lunas Atem fast schon wieder normalisiert.

»Das war echt cool«, bedankt sie sich noch einmal für die Tanzstunde und bietet mir im Gegenzug an, mich in Sachen Styling ein bisschen zu beraten.

»Findest du mich so unattraktiv?«, frage ich erschrocken.

»Quatsch, wie kommst du denn darauf? Du siehst toll aus, eigentlich. Nur vielleicht ein bisschen langweilig. Immer dieselbe Frisur und Jeans, Chucks, Shirts. Mit etwas Farbe im Haar, Lipgloss, Wimperntusche und ein paar ausgefalleneren Outfits könntest du aber **spektakulär** aussehen!«

Ich winke lachend ab. Ich bin nicht interessiert, irgendwie extravagant rüberzukommen. Mein Look passt perfekt zu mir – denn er ist bequem. Darin fühle ich mich einfach am wohlsten.

»Ich bin eben kein Fernsehstar«, sage ich und denke: Und darüber bin ich auch ziemlich froh!

Andererseits: Was, wenn genau dieser unspektakuläre Look mir meine Chancen bei Jungs wie Paul vermasselt? Ich überlege kurz, doch auf Lunas Angebot einzugehen. Dann fallen mir Dörtes Predigten zum Thema Selbstbewusstsein wieder ein, und ich muss ihr recht geben: Wer mich nicht so mag, wie ich bin, für den lohnt es auch nicht, sich zu verändern.

Klingt richtig weise, oder? Luna ist allerdings ziemlich unbeeindruckt, als ich dieses Argument vorbringe – natürlich ohne zu erwähnen, dass der Gedanke an Paul mich darauf gebracht hat.

»Was ist denn das für ein idiotischer Glückskeksspruch?«, meint sie nur. »Klingt wie die dämlichste Ausrede der Welt.«

Na und? Diesmal lasse ich mich nicht beeinflussen, und ausnahmsweise ist Luna diejenige, die nachgibt. »Okay, schon kapiert. Dann wirst du eben ungeschminkt mit Pferdeschwanz und in Bequemklamotten aufkreuzen, wenn du mich nächsten Samstag ins Studio begleitest. Du hast doch Zeit, oder?«, wechselt sie unvermittelt das Thema.

»Nächsten Samstag? Klar, da hab ich noch nichts vor. Meinst du ein Tanzstudio? Oder ein Fitnessstudio?«

»Scherzkeks«, prustet Luna los, »ich meine natürlich das Fernsehstudio! Am Samstag zeichnen wir ein Interview und einen Liveauftritt mit den *Sunny Days* auf. Ich dachte mir, du hättest vielleicht Lust, mich zu begleiten.«

Das ist der krasseste Vorschlag, den ich je gehört habe. Klar bin ich dabei!

»Hammer«, sage ich nur und strahle.

Luna hat mir schwören müssen, keinem in der 9 a etwas von unserem gemeinsamen Termin beim Sender zu verraten. Das soll unser Geheimnis bleiben.

»Lisa Spatzenhirn und all die anderen sind sowieso schon eifersüchtig genug, da muss man nicht auch noch Öl ins Feuer gießen«, finde ich.

»Geht klar. Ich hatte sowieso nicht vor, mit diesen Nullcheckern darüber zu reden.«

Aber dann bin ich es, die sich fast verplappert, als ich mich am Freitagmittag von Luna mit den Worten »Bis morgen im Studio« verabschiede. Liegt wohl an der Vorfreude. Sarah springt gleich drauf an: »Hach, macht ihr zusammen einen Mädels-Beauty-Tag im Kosmetikstudio? Cool!«

Ich lasse sie in dem Glauben und grinse nur.

Am Samstagvormittag hupt die fette Limousine vor unserem Haus. Schnell verabschiede ich mich von Dörte und Martin, haste die Treppen hinunter und setze mich neben Luna auf die bequeme Rückbank. Sie trägt ein besonders ausgefallenes Outfit mit schwarzem Leder und blauer Spitze, dazu lilafarbene Stiefel und einen ziemlich coolen Hut, der sogar mir gefallen könnte.

»Mannomann, ich bin so was von gespannt«, gestehe ich.

»Und ich habe volle Möhre Lampenfieber«, meint Luna, doch das kann ich kaum glauben. »Du bist das doch gewohnt!«

Sie zuckt mit den Schultern: »Schon. Aber das heißt noch lange nicht, dass man total abgeklärt ist.«

Also, wenn **ich** nervös bin, werde ich ganz hibbelig, bekomme einen trockenen Mund, muss ständig auf Toilette und kann meine Hände nicht still halten. Luna zeigt kein einziges dieser Symptome, nicht mal, als wir das irre beeindruckende Sendergebäude betreten. Ich schätze, sie ist in Wahrheit ultracool und tut nur so, als ginge ihr die Flatter, damit ich mir nicht so blöd vorkomme, wenn ich als Zuschauerin aufgeregter bin als sie. Schließlich ist sie die Moderatorin und steht im Rampenlicht. Ich dagegen soll mich im Hintergrund halten und möglichst keine

Geräusche machen, so die Anweisung des Aufnahmeleiters.

Zuerst wird Luna noch geschminkt, und zwar ziemlich krass.

»Das kommt später lange nicht so übertrieben rüber«, beruhigt mich Luna, die meinen irritierten Blick richtig deutet. »Ungeschminkt sieht man im Licht der Studiolampen nämlich aus wie eine Wasserleiche. Das Make-up muss also stark sein, damit es im Fernsehen normal wirkt.«

Die drei Jungs von *Sunny Days* waren schon in der Maske und machen gerade Soundcheck, als wir das Aufnahmestudio betreten. Luna begrüßt sie mit großem Hallo. Sieht fast so aus, als wären die vier seit Jahren befreundet, dabei hat Luna die Band bisher noch nie getroffen. Die Begrüßung gehört wohl schon zur Show und wird daher auch gefilmt, und das gleich mehrmals. Luna muss jeweils rausgehen und wieder strahlend hereinkommen. Ich lehne ganz hinten an der Studiowand und beobachte staunend, wie souverän sie diese Aufgabe meistert. Also, ich käme mir reichlich albern vor, wenn ich immer wieder dieselbe Szene wiederholen und dabei so tun müsste, als wäre das alles total spontan.

Als Nächstes gibt der Aufnahmeleiter – oder ist das der Regisseur? – Anweisungen, wer sich wohin setzen soll: Luna auf ein paar Treppenstufen, der Drummer hinter sein Schlagzeug, der Sänger auf einen knallroten Plüschsessel und der Gitarrist im Schneidersitz auf einen Heuballen, der aus unerfindlichen Gründen zur Studiodekoration gehört. Überhaupt sieht es hier ziemlich freaky aus:

Die Kulisse erinnert an die Nahaufnahme eines pockennarbigen Gesichts mit ungesunder Hautfarbe. Erst auf den zweiten Blick erkenne ich, dass es sich offenbar um ein Bild der Mondoberfläche handelt. Überall stehen die merkwürdigsten Utensilien herum, der Heuballen ist nur einer davon. Mindestens ebenso seltsam sind der gigantische Zerrspiegel, das Trampolin, der Steinhaufen und der Tennis-Schiedsrichterstuhl. Das scheint ja ein ziemlich abgedrehtes Sendekonzept zu sein.

Luna beginnt jetzt mit dem Interview. Sie fragt danach, wie lange sich die drei *Sunny Days*-Mitglieder schon kennen (seit der Grundschule, wie cool), welche Musik sie privat hören (*Sunrise Avenue* und *Flo Rida* – hab ich's mir doch gedacht!) und was ihr ultimativer Erfolgstraum ist (ein Mal den Titelsong für einen James-Bond-Film machen).

Auch hier müssen einige Fragen und Antworten wiederholt werden, aber trotzdem läuft das Gespräch ganz entspannt. Ich verfolge es mit wachsender Begeisterung und platze fast vor Stolz auf meine coole Freundin!

Dann macht sich die Band bereit für den Auftritt, während Luna auf den Tennis-Schiedsrichterstuhl hinaufklettert, um von dort aus die Show zu verfolgen.

»Und hier kommen die *Sunny Days* mit dem Titel *Moondancer*«, kündigt Luna fröhlich an und deutet auf die Band.

Der Song, den sie spielen, kommt mir bekannt vor. Es ist derselbe, den wir neulich im Auto gehört haben. Kaum zu fassen, dass diese drei Sechzehnjährigen aus Frankfurt einen dermaßen coolen Sound zustande kriegen. Ich kann kaum meine Beine still halten und würde am liebsten sofort lostanzen, aber dann wirft mir der Aufnahmeleiter einen strengen Blick zu, und ich begnüge mich damit, dem Song mit geschlossenen Augen zu lauschen und dabei fast gar nicht mit den Füßen zu wippen. Den Song muss ich unbedingt haben, denn mir fällt ganz spontan eine super Choreografie dazu ein, die ich dringend ausprobieren will. Vielleicht kann mir Luna die CD besorgen? Vielleicht sogar signiert? Oder ich kaufe mir den Song als Download.

Als die Aufnahmen im Kasten sind, kann ich kaum fassen, dass vier ganze Stunden vergangen sind. Luna stellt mir die drei Jungs von *Sunny Days* vor.

»Echt, du heißt wirklich Sunny? Wie cool ist das denn!«, sagt Lenny, der Drummer.

»Habt ihr Lust, noch was mit uns trinken zu gehen?«, fragt Luna und wirft mir einen vielsagenden Blick zu, so als wäre das ein Geheimcode. Keine Ahnung, was sie damit sagen will.

»Sorry, nächstes Mal gerne«, meint Bjarne, der Gitarrist. »Aber heute Abend haben wir noch einen Gig in Kassel.«

»Ja, und wir sind schon ganz schön spät dran«, ergänzt Leo, der Sänger, nach einem Blick auf die Uhr. Der Drummer zuckt bedauernd mit den Schultern.

»Du solltest Lenny unbedingt bei Facebook adden«, rät mir Luna, als wir wieder in der Limousine sitzen und durch den Innenstadtverkehr chauffiert werden.

»Wieso denn das?«, frage ich verblüfft.

»Sag nur, du hast nicht bemerkt, was für flammende Blicke er dir zugeworfen hat?«

»Hab ich nicht. Hat er nicht. Hast du das geträumt?«, stammele ich.

Will Luna mich veralbern?

»Das darf doch nicht wahr sein. Du hast es wirklich nicht bemerkt!«, sagt Luna und lacht. »Ich frage mich, wie du jemals einen Freund finden willst, wenn du nicht einmal die eindeutigsten Flirtsignale empfängst!«

»Vielleicht bin ich ja gar nicht interessiert«, behaupte ich trotzig, während ich in Wahrheit an Paul denke, seine verwuschelten Haare und seine süße Brille. Was, wenn er mir ebenfalls Flirtsignale sendet und ich sie bloß nicht kapiere?

»Da fällt mir ein«, sagt Luna stirnrunzelnd, »wie weit bist du eigentlich in Sachen Kumpel-Check?«

Aha! Jetzt hat sie sich verraten. Sonst käme sie beim Stichwort Flirten wohl kaum auf dieses Thema.

»Wir haben nur ganz kurz geredet«, flunkere ich drauflos und beruhige mein Gewissen damit, dass das eine Notlüge ist – und die sind schließlich erlaubt. »Ich bin noch unsicher, wie ich ihn einschätzen soll.«

»Schon okay«, meint Luna leichthin, »lass dir Zeit.«

Oh ja. Das habe ich vor!

14

»**DIE AKTUELLE AUSGABE** geht heute ins Layout und nächste Woche in Druck«, eröffnet Chefredakteurin Lea die Sitzung. »Heute sammeln wir Themenvorschläge für das kommende *OOOPS*-Heft. Ich würde vorschlagen, wir brainstormen einfach drauflos …«

Ich fühle mich wahnsinnig erwachsen. Als einzige Neuntklässlerin sitze ich unter lauter coolen Leuten aus der Zehnten und Elften, als sei es das Selbstverständlichste von der Welt. Und das Beste daran ist: Ich sitze gleich neben Paul. Nein, das Allerbeste ist das hier: Unsere Knie berühren sich. Halt, das Allerallerbeste hätte ich beinahe vergessen: Wir haben heute gemeinsam zu Mittag gegessen! Diesmal musste ich nicht quer durch die Cafeteria zu ihm rüberschmachten, sondern hatte ihn direkt vor meiner Nase. Er hat mir von einem neuen Fantasyroman erzählt, den er für sensationell hält, und ich habe ihm von meinem Studiobesuch mit Luna berichtet, um zu checken, ob und wie Paul auf ihren Namen reagiert. Zufrieden habe ich registriert, dass er gar nicht weiter darauf eingegangen ist, sondern das Thema gleich wieder auf meine Meinung zu *Der Herr der Ringe* lenkt.

Natürlich finde ich die Buchversion tausendmal genialer als die Verfilmung, selbst wenn die einigermaßen gelungen ist. Paul stimmt mir hundertprozentig zu!

»Bevor ihr mit dem Brainstorming loslegt, hätte ich noch eine Last-Minute-Ergänzung«, unterbricht jemand nicht nur meinen Tagtraum, sondern auch die Begrüßung der Chefredakteurin.

Es ist ein magerer, großer Elftklässler mit schwarzen, leicht fettigen Haaren: Philipp Fischer. Mir ist völlig schleierhaft, wie es dieser Typ geschafft hat, zum Schülersprecher gewählt zu werden. Vermutlich liegt es an seinem Wahlkampfslogan *Hitzefrei ab fünfundzwanzig Grad*, mit dem er vor allem in den unteren Klassen gepunktet hat. Die jüngeren Schüler haben einfach nicht geschnallt, dass Philipp gar nicht halten kann, was er da versprochen hat.

»Last-Minute-Ergänzungen nehmen wir nur im allergrößten Notfall vor«, erklärt Lea. Sie ist nicht besonders begeistert von Philipps Einmischung und dem Gedanken an eine Planänderung.

»Ist wichtig genug«, behauptet Philipp. Und dann erklärt er, worum es geht: »Ähm, also, am letzten Tag vor den Weihnachtsferien soll an unserer Schule ein Mega-Event stattfinden: ein Dingens, ähm, Talentwettbewerb. Teilnehmen darf jeder, der irgendetwas Besonderes vorführen kann. Gesang, Zauberkunststücke, Artistik, whatever. Die Dingens, ähm, ich meine, Anmeldefrist läuft ab sofort bis Ende November.« Beifall heischend schaut er sich um und nickt dann zufrieden.

Die komplette Redaktion ist schwer beeindruckt, ich auch. Das hört sich nach einer ganz großen Sache an.

Lea ist die Erste, die sich wieder gefasst hat. »Und das ist ganz sicher?«

»Klar«, sagt Philipp, zieht ein Blatt aus der Jackentasche und faltet es auseinander. »Hab ich alles eben von der Dingens, ähm, Schulleitung erfahren. Und dieser Aushang ist ab morgen früh am Schwarzen Brett zu finden.«

Sieben Köpfe, meiner eingeschlossen, beugen sich darüber und lesen, was darauf steht. Der Text bestätigt exakt, was Philipp gesagt hat – nur ohne »ähm« und »Dingens«, dafür aber inklusive offiziellem Schulstempel und den Unterschriften von Direktorin Overkamp-Liebknecht und dem stellvertretenden Schulleiter Sperling. Mir geht ein Licht auf: Diese Sache ist garantiert auf dem Mist von Lisa Spatzenhirn gewachsen! Bestimmt hat sie ihren Vater dazu gebracht, diesen Wettbewerb auszuschreiben. Als was sie wohl auftreten will? Etwa als Promi-Expertin? Als Modepüppchen? Oder als Zimtzicke?

Aber eins ist sicher: Das Thema wird ein Knaller für *OOOPS*. Deshalb melde ich mich spontan, um den Artikel über das große Event zu schreiben. Ich freue mich jetzt schon darauf, Lisas peinlichen Auftritt in aller Ausführlichkeit zu schildern.

»Ist doch völlig egal, mit welchem Quatsch Lisa Spatzenhirn teilnimmt«, findet Luna, als ich ihr am nächsten Morgen von der großen Neuigkeit erzähle. »Das Einzige, was mich interessiert, ist, dass du diese Sache gewinnst.«

Wie bitte? Ich habe mich wohl verhört!

»Du machst natürlich mit!«, erklärt sie voller Überzeugung.

Meine Ohren haben mich also doch nicht getäuscht. Luna muss übergeschnappt sein.

»Oh nein, das werde ich ganz bestimmt nicht«, widerspreche ich. Aber Luna ignoriert meinen Einwand ganz einfach: »Ist ja wohl klar, dass du das Publikum von den Stühlen reißen wirst. Wir müssen dringend überlegen, was du anziehst und zu welchem Song du tanzt …«

»Halt, halt, du bist so was von auf dem falschen Dampfer«, unterbreche ich sie und lache. »Mein Beitrag zu diesem Event ist höchstens ein Bericht, den ich für *OOOPS* darüber schreibe.« Jedenfalls habe ich mich in der Redaktionssitzung, zusätzlich zu zwei Buchtipps, für diesen Artikel gemeldet.

»Einspruch, Euer Ehren«, sagt Luna, die sich mal wieder durchsetzen will. »Du musst dich da anmelden. Unbedingt!«

»Einspruch abgewiesen«, erwidere ich.

Ich kann genauso stur sein wie Luna. Mindestens!

Doch ich habe Lunas Überredungskünste unterschätzt. In der Pause zerrt sie mich wieder zum Schwarzen Brett, um nachzusehen, wer sich bisher angemeldet hat. Ganz oben in der Liste steht Lisa Spatzenhirns Name. **Catwalk-Auftritt** hat sie in die Spalte eingetragen, die mit *Art der Darbietung* überschrieben ist.

»Pah, wie lächerlich«, sage ich.

Das ist natürlich eine super Vorlage für Luna. »Gegen jemanden wie dich hätte sie selbstverständlich keine Chance«, argumentiert sie. »Allerdings könnte sie sich gegen ein Flötenstück, das von einer Fünftklässlerin aufgeführt wird, oder die Zaubertricks von Timm durchaus behaupten. Mensch, das muss man doch verhindern!«

»**Man** sollte das wirklich verhindern«, stimme ich ihr mit unbeteiligter Miene zu, so als ginge mich das alles gar nichts an.

In der nächsten Pause läuft mir Paul über den Weg. »Na, hast du dich schon für den Talentwettbewerb eingetragen?«, foppt er mich. Zum Glück meint er das nicht ernst. Na ja, er ahnt schließlich auch nichts von meinem Hobby.

»Eher wird es an Weihnachten dreißig Grad heiß«, erwidere ich gut gelaunt. Ich bin immer gut gelaunt, wenn ich Paul treffe.

»Dann würde die Veranstaltung wohl ausfallen.« Er grinst. »Jedenfalls, wenn es nach Hitzefrei-Philipp geht. Übrigens: Hast du schon gehört, dass er den Wettbewerb moderieren soll?«

»**OH NEIN!** Ausgerechnet Philipp? Der ist als Redner doch völlig talentfrei.«

Allein sein Dingens-ähm-Gestammel auf der Redaktionskonferenz hatte schon einen extrem hohen Fremdschäm-Faktor.

»Ich weiß, das wird garantiert eine Katastrophe. Aber Luna hat leider abgelehnt. Wenn jemand moderieren kann, dann sie.«

Aha! Davon hat sie natürlich nichts erwähnt.

Als Luna wenig später einen weiteren Versuch startet, mich zu überreden, drehe ich den Spieß einfach um und sage: »Ach, wenn ich nur eine professionelle Moderatorin kennen würde, die in der Lage wäre, diese Veranstaltung zu retten. Man darf doch nicht zulassen, dass unser Schülersprecher, dieser Vollpfosten, das schöne Event mit seinem Gefasel verdirbt.«

Für einen ganz kurzen Moment ist Luna sprachlos. Dann legt sie den Kopf schief, verschränkt die Arme vor der Brust, zieht die Stirn kraus und verkündet dann: »Einverstanden. Das ist der Deal: Wenn du dich als Dance-Act anmeldest, übernehme ich die Moderation. Okay?«

Mist. Jetzt habe ich mir ein Eigentor geschossen.

»Vielleicht«, murmele ich grimmig. Dann drehe ich mich auf dem Absatz um und marschiere in Richtung Mädchentoilette.

SOS. Bitte melde dich sofort. Absoluter Notfall, tippe ich, so schnell ich kann, in mein Handy. Das man eigentlich weder hier noch in der Frankfurter Schule eingeschaltet haben darf, aber zum Glück hält sich Stella ebenso wenig daran wie ich und hat stattdessen einfach nur auf stumm geschaltet. Zwei Minuten später signalisiert der Vibrationsalarm, dass sie zurückruft.

»Gott sei Dank, ich brauche dringend deinen Rat«, sage ich statt einer Begrüßung.

»Ich hoffe, es ist wichtig – wegen dir habe ich mich aus dem Unterricht geschlichen.«

Stimmt, das habe ich ganz vergessen: Schulbeginn ist in Frankfurt zwanzig Minuten früher als in Köln, und dasselbe gilt natürlich auch für die Pausenzeiten. Somit habe ich sie mitten in einer Schulstunde gestört.

Ich schwöre, dass die Sache superwichtig ist, und will ihr mein Dilemma schildern. Doch schon nach den ersten zwei Sätzen unterbricht mich Stella: »Ein Talentwettbewerb, sagst du? Das ist deine große Chance, allen zu zeigen, was du draufhast!«

Das ist nicht das, was ich hören wollte!

»Also, eigentlich hatte ich nicht vor …«, lege ich los, aber Stella geht gar nicht darauf ein.

»Unsinn! Natürlich meldest du dich an. Was sagt eigentlich Luna dazu?«

Ich gebe zu, dass Luna ganz ihrer Meinung ist und seit heute früh alles daransetzt, mich rumzukriegen.

»Na also. Warum stellst du dich so an? In Frankfurt bist du doch auch aufgetreten.«

Da hat sie nicht unrecht. »Aber das war in der Gruppe. Diesmal müsste ich alleine antreten.«

»Na und? Du hast die Bühne gerockt, und das schaffst du auch ohne Mittänzer.«

»Bist du sicher?«

»Hundertpro!«

In letzter Sekunde denke ich noch daran, sie zu fragen, wie das Date mit dem göttlichen Colin gelaufen ist.

»Du, ich hab jetzt echt keine Zeit mehr zum Plaudern«, antwortet Stella, »in dem Fall reicht die Kurzfassung: Colin ist ein arroganter Armleuchter. Aber er küsst gut.«

»Wow« ist alles, was mir dazu einfällt.

»Ich muss zurück. Und du meldest dich da an, hörst du? So gut, wie du bist, gehörst du einfach auf die Bühne!«

Von Stellas Kompliment beflügelt, mache ich mich direkt, nachdem wir uns verabschiedet haben, auf den Weg zum Schwarzen Brett. Ohne zu zögern, schnappe ich mir den Kugelschreiber, der dort bereitliegt, und trage mich in die Liste ein:

Sunny Baltumeit, 9 a, Dance Act.

»Ääääääächt, du tanzt?«, quiekt jemand hinter mir.

Lisa Spatzenhirn stemmt die Hände siegesgewiss in die Seiten. »Da bin ich aber mal gespannt!«

Oh mein Gott. Was habe ich nur getan?

»Denk nicht mal dran, das wieder durchzustreichen«, sagt Luna, die auf einmal neben mir auftaucht.

Ich stöhne. Es sind noch keine zehn Sekunden vergangen, seit ich den Kugelschreiber aus der Hand gelegt habe, und schon bereue ich bitter, dass ich nachgegeben habe. Worauf habe ich mich da nur eingelassen? Ich werde mich vor der ganzen Schule blamieren, zweifellos. Auch vor Paul! Ich bin so blöd …

Okay. Durchatmen. Nachdenken.

Tatsache eins ist: Wenn ich mich auf der Bühne zum Affen mache, gehen meine Chancen gegen null, dass Paul sich doch noch in mich verliebt.

Tatsache zwei: Luna ist meine Freundin. Ich fühle mich mies dabei, sie zu hintergehen, wenn auch nur in Gedanken.

Und Tatsache drei: Ich habe mit Paul noch immer nicht

über Luna geredet, so wie ich es ihr versprochen habe. Aber auch nicht über uns. Es gibt wohl kein **uns**, sondern nur *OOOPS*, unser gemeinsames Projekt. Ich sollte mir da nichts vormachen.

Außerdem habe ich jetzt echt andere Probleme.

15

KURZ VOR ENDE DER ANMELDEFRIST ist die Liste der Teilnehmer, die beim Talentwettbewerb etwas zum Besten geben wollen, auf sage und schreibe zweiundvierzig Namen angewachsen. Die meisten planen eine Instrumentalnummer. Auf den ersten Blick entdecke ich mindestens zehn Pianisten. Es haben sich aber leider auch acht Geigenspieler angemeldet, und erstaunlicherweise finden sich sogar Dudelsack und Harfe auf der Liste. Schon krass, womit so manche Mitschüler ihre Freizeit verbringen. Dudelsack, das muss man sich mal vorstellen!

Dagegen wirken die beiden Zauberer, die drei Akrobaten und die fünf Jongleure auf der Liste ja schon fast einfallslos.

»Na, checkst du, wie stark die Konkurrenz ist?«, säuselt eine nervige Stimme von schräg hinten. Ich erkenne Lisa Spatzenhirn, auch ohne mich umzudrehen.

»Na, dein Auftritt wird garantiert konkurrenzlos«, erwidere ich ruhig.

»Endlich kapiert mal jemand, dass ich sowieso gewinnen werde!«

Die schnallt aber auch echt nichts. Schon mal was von Ironie gehört?

Ich verzichte darauf, ihr zu erklären, was ich eigentlich gemeint habe. Bei Lisa ist sowieso Hopfen und Malz verloren. Wenn sie mit ihrer Laufsteg-Nummer nicht auf dem letzten Platz landet, liegt das einzig und allein daran, dass die Jury ihren Vater nicht verärgern will. Na ja, und vielleicht auch daran, dass sich Stimmbruch-Ben und Quietscheenten-Marie für die Kategorie »Gesang« angemeldet haben. Mir schmerzen die Ohren schon bei der bloßen Vorstellung an ihren Auftritt.

»Was ist denn mit **Stand-up** gemeint? Unser Schülersprecher wird doch hoffentlich nicht ernsthaft vorführen, wie er aus dem Bett aufsteht?«, grübelt Lisa laut, und diesmal kann ich mein Kichern nicht unterdrücken. Als wäre es nicht lächerlich genug, dass *Dingens-ähm-Philipp* ausgerechnet als Mario-Barth-Verschnitt auftreten will, setzt Lisa dem Ganzen noch die Krone auf. Dieses Mädchen ist so was von hohl! Hat sie wirklich noch nie etwas von Stand-up-Comedy gehört?

»Vermutlich ist es genau das.« Ich grinse. »Und der Jo-Jo-Künstler aus der siebten Klasse wird wahrscheinlich rappen. Du weißt schon: *Checker, jo-jo, was geht* und so.«

Lisa Spatzenhirn glotzt mich an, als hätte ich gerade Chinesisch mit ihr gesprochen. Dann zuckt sie mit den Schultern: »Du bist ja nur neidisch«, verkündet sie und stolziert davon.

Ich schaue ihr kopfschüttelnd hinterher. So wie die mit dem Po wackelt, affektiert mit den Händen wedelt und dabei auf ihren hohen Hacken gefährlich ins Wanken gerät, kann auch der Gesang von Ben und Marie nicht schlimmer werden als ihr Catwalk-Auftritt. Ich bin wirklich gespannt, wer auf dem letzten Platz landen wird.

Hauptsache, ich bin es nicht.

»Luna, wir müssen uns unbedingt treffen. Am besten schon heute Nachmittag bei mir zu Hause. Oder spätestens am Wochenende«, überfalle ich meine Freundin wenig später. Sie sitzt schon im Klassenzimmer und hat ihre Kopfhörer in den Ohren, höchstwahrscheinlich, um sich vor Unterrichtsbeginn noch in aller Ruhe die Songs irgendeiner musikalischen Neuentdeckung reinzuziehen. Aber darauf kann ich jetzt keine Rücksicht nehmen.

»Was gibt's denn für einen Notfall?«, fragt Luna.

»Mein Auftritt! Wir haben nur noch vier Wochen Zeit. Und mir ist eben klar geworden, dass ich das Ding wirklich gewinnen will.«

Das ist die reine Wahrheit! Vielleicht hätte ich es ohne Lisa Spatzenhirns hirnloses Gequatsche nie kapiert, aber Tatsache ist, dass ich irgendwie doch einen ziemlichen Ehrgeiz in mir spüre. Urplötzlich wusste ich: Wenn ich da schon teilnehme, dann will ich auch mein Bestes geben!

»War ja auch allerhöchste Zeit«, kommentiert Luna. »Ich würde sagen, wir legen gleich heute los. Ab sofort heißt es: trainieren, trainieren, trainieren! Wir wollen schließlich die Bude rocken!«

Wir? Was, bitte, meint Luna damit?

Die Antwort darauf wird mir spätestens klar, als Luna mich am gleichen Nachmittag beim Aufwärmen beobachtet. Um nicht zu sagen: beaufsichtigt.

»Wir müssen an deiner Mimik arbeiten«, verkündet sie. »Und an deiner Ausstrahlung. Du musst hundertprozentig überzeugt sein von dem, was du dem Publikum zeigst, sonst springt der Funke nicht über.«

»Bist du noch ganz dicht? Was für ein Publikum denn?«

Wir sind in meinem Zimmer, Luna lungert in meinem Schaukelstuhl herum und verfolgt jede meiner Bewegungen mit strengem Blick. Dazu macht sie sich mit einem Bleistift geheimnisvolle Notizen in ein kleines Büchlein. Was genau sie da aufschreibt, will sie nicht verraten.

»Das musst du dir eben vorstellen«, seufzt Luna theatralisch, so als wäre ich ein hoffnungsloser Fall. Doch dann reißt sie sich zusammen und erklärt mir wie einem Kleinkind das, was sie ihre *Bühnenphilosophie* nennt: »Alles, was du tust, soll dein Publikum begeistern. Das gelingt nur, wenn du das Beste aus dir herausholst, wenn du das Publikum niemals auch nur eine Zehntelsekunde vergisst und wenn du selbst dein größter Fan bist. Sonst bleibst du mittelmäßig. Und für eine mittelmäßige Künstlerin reiße ich mir hier nicht den Hintern auf.«

Obwohl – oder gerade weil? – Luna mit heiligem Ernst spricht, muss ich losprusten. »Du reißt dir den Hintern auf?«, gluckse ich. »Was bist du denn – meine Trainerin? Oder meine Managerin?«

»Na, beides!« Luna grinst, aber irgendetwas sagt mir, dass das kein Scherz war.

Zwei Stunden später bin ich fix und alle.

»Gnade!«, keuche ich. »Du bist die strengste Sklaventreiberin der Welt.«

»Danke für das Kompliment«, gibt Luna gut gelaunt zurück. »Erfolgreiche Trainerinnen müssen streng sein. Aber sie brauchen auch ein Konzept.«

»Und wie willst du das machen? Du hast doch überhaupt keine Ahnung vom Tanzen.«

»Das ist doch kein Problem. Du verrätst mir alles, was wichtig ist, und ich ziehe daraus meine Schlüsse. Also: Was macht einen guten Hip-Hop-Tänzer aus?«

Ich überlege kurz. »*Körperspannung ist das A und O*, hat unser Trainer in Frankfurt immer gesagt. Sonst wirken die Bewegungen nicht fließend oder kraftvoll, sondern irgendwie schlabberig und wie zufällig.«

Luna nickt und macht sich Notizen. »Was noch?«

»Beweglichkeit und Koordination sind auch total wichtig. Und natürlich Ausdauer. Was nützt die tollste Choreografie, wenn man nach der Hälfte des Songs schlappmacht?«

Luna hört überhaupt nicht mehr auf zu schreiben. Dann endlich legt sie den Bleistift zur Seite und meint: »Eine Sache hast du vergessen, und das ist die Coolness. Du musst cool aussehen und einen coolen Blick draufhaben. Aber keine Sorge, das bring ich dir noch bei. Zuerst konzentrieren wir uns auf die Trainingsziele Kondition und Beweglichkeit. Ich hab hier mal schnell einen Plan entworfen.«

Mit diesen Worten reißt sie ein Blatt aus ihrem Block

heraus und reicht es mir rüber. Ich lese mit wachsendem Entsetzen:

Montag, Mittwoch, Freitag
Vor der Schule: eine halbe Stunde Yoga
Nachmittags: 1000 Meter Schwimmen
Abends: zwei Stunden Tanztraining

Dienstag und Donnerstag
Vor der Schule: eine halbe Stunde Joggen
Nachmittags: Doppelstunde Yoga
Abends: eine Stunde Tanztraining

Samstag und Sonntag
Vormittags: eine Stunde Joggen
Mittags: eine Stunde Yoga
Nachmittags: 1000 Meter Schwimmen
Abends: zwei Stunden Tanztraining

»Das ist nicht dein Ernst!«, ächze ich. Allein vom Lesen wird mir schon ganz schwummerig.

»Mein völliger Ernst. Willst du nun gewinnen oder nicht? Dazu braucht man nämlich noch zwei weitere Eigenschaften: Fleiß und Ehrgeiz.«

Auch wenn Luna sicher mehr als nur ein klein wenig übertreibt: Ich bin wirklich wahnsinnig dankbar dafür, dass sie sich so in das Projekt reinkniet. Sie tut alles, um mir bei den Vorbereitungen auf den Talentwettbewerb zu helfen. Allerdings gehört dazu auch, dass sie mich ab sofort jeden Morgen um halb sechs anruft, um zu überprüfen, ob ich wach bin. Und um Viertel vor sechs ruft sie noch mal an, weil sie sichergehen will, dass ich meine müden Knochen schon zum Yoga-Sonnengruß verrenke oder, falls es ein Dienstag oder ein Donnerstag ist, die Laufschuhe anhabe. »Nicht dass du noch pennst, wenn ich bei dir aufkreuze!«

Denn tatsächlich lässt sie mich nicht alleine im Dunkeln durch die Straßen joggen, das fände auch Dörte viel zu gefährlich. Luna trainiert regelmäßig gemeinsam mit mir, und ihr Chauffeur muss als unser Bodyguard wohl oder übel mittraben.

Nachdem wir uns eine ganze Woche lang vor allem auf Ausdauer und Beweglichkeit konzentriert haben, wird es jetzt langsam Zeit, dass ich mir eine Choreografie überlege. »Vor allem muss ich mich dringend entscheiden, zu welchem Song ich tanzen werde«, sage ich, als wir am späten Samstagabend vom Schwimmtraining kommen. Luna lässt sich auf mein Bett sinken, schüttelt ihre noch feuchte schwarz-blaue Mähne und sagt: »Was gibt es da groß zu überlegen? Für mich steht der Song längst fest.«

Ich hör wohl nicht recht! Auf Lunas mörderisches Trainingsprogramm habe ich mich ja klaglos eingelassen, aber dass sie auch noch über die Musikauswahl bestimmt, geht eindeutig zu weit! Ich will schon loslegen und ihr die Meinung geigen, als Luna beschwichtigend den Arm hebt und lächelt. »Wann hast du zuletzt erlebt, dass ein Song dich so richtig gepackt hat? Dass du kaum die Füße still halten konntest, weil du sofort lostanzen wolltest?«

Da muss ich nicht lange grübeln: »Das war neulich im Fernsehstudio, als die *Sunny Days* gespielt haben. Nein, falsch: eigentlich schon vorher, mit dir in der Limo, als du mir ihren Song zum ersten Mal vorgespielt hast. Er hat mich vom ersten Ton an begeistert!«

Wortlos steckt Luna ihr Smartphone in meine Dockingstation, und wenige Augenblicke später dröhnen die ersten Takte von *Moondancer* durch den Raum. Ich schließe die Augen und folge einfach dem Rhythmus der Musik …

Eine Stunde später habe ich Luna mehrere Choreografie-Ideen vorgetanzt, und wir diskutieren, welche Variante am besten zu dem Song passt und an welchen Stellen ich besser noch interessantere Moves einbauen sollte. Obwohl sie vom Hip-Hop-Tanzen kaum Ahnung hat, ist sie mir eine große Hilfe, denn von Musik versteht sie dafür umso mehr. *Und was ist Tanzen schließlich anderes als das Sichtbarmachen der Gefühle, die Musik in einem weckt?* Als Luna das eben gesagt hat, klang es überhaupt nicht kitschig. Und wenn, wär's mir auch egal. Wer sagt, dass Kitsch uncool ist?

Ach, irgendwie bin ich gerade ein bisschen gerührt. Von der Musik, verstärkt durch die Müdigkeit nach dem harten Training, aber auch von Luna. Was für eine Freundin! Sie ist einfach toll. So hat sich noch nie jemand, außer Dörte, für mich ins Zeug gelegt.

Urplötzlich überkommt mich ein wahnsinnig schlechtes Gewissen. Wegen Paul. In den letzten Tagen habe ich mich oft bei dem Gedanken ertappt, wie er wohl auf meinen Auftritt reagieren wird. Ob er mich auf einmal mit ganz neuen Augen sehen wird? Findet er Hip-Hop cool? Wird er mir zujubeln, mich am Bühnenausgang abfangen, umarmen und spontan küssen? In meinen Tagträumen ist nichts davon unmöglich.

Auf einmal wird mir klar, was für ein falsches Spiel ich da spiele. Luna gegenüber tue ich so, als wäre ich in Sachen Kumpel-Check noch nicht weitergekommen – und das nur, damit ich noch möglichst oft mit Paul zusammen sein kann. Dabei ist mir doch klar, dass sie hoffnungslos in ihn verknallt ist, auch wenn sie das nicht zugibt.

Luna würde das umgekehrt nie tun. Abgesehen von dieser Heimlichtuerei um Paul ist sie immer absolut ehrlich zu mir. Ob sie mir wohl die Freundschaft kündigen würde, wenn sie von meinem doppelten Spiel wüsste? Sie darf das nie erfahren! In diesem Moment beschließe ich, reinen Tisch zu machen. Es muss Schluss sein mit meiner heimlichen Schwärmerei für Paul. Er ist schließlich nicht der einzige süße Junge in Köln! Aber Luna ist meine einzige Freundin weit und breit, von Stella abgesehen. Und wahre Freunde wachsen nun mal nicht auf Bäumen.

16

ICH BIN FÜNFZEHN!

Das ist mein allererster Gedanke an diesem Morgen. Sofort pocht mein Herz wie wild, und ich bin schlagartig hellwach. Heute ist mein Geburtstag. Wie aufregend! Und irgendwie auch überraschend: Normalerweise freue ich mich wochenlang im Voraus darauf. Letztes Jahr habe ich mir sogar einen Countdown-Kalender gebastelt, bei dem ich an den Wochen vor dem dreizehnten Dezember täglich einen Zentimeter abgeschnitten habe, sodass ich zusehen konnte, wie der große Tag langsam näher rückte. Dieses Jahr ist alles anders. Ich hatte überhaupt keine Zeit für Vorfreude. Vor lauter Joggen, Schwimmen, Tanzen und Yoga sind die letzten Wochen so schnell verflogen, dass ich gar nicht dazu gekommen bin, überhaupt nur daran zu denken. Ganz abgesehen von den vielen Klassenarbeiten und Tests, die wir zurzeit in der Schule schreiben. Da kann man schon mal vergessen, so einem Tag entgegenzufiebern. Hätte Dörte vorgestern nicht gefragt, wen ich nun eigentlich einladen will, hätte ich meinen Geburtstag womöglich noch verschwitzt. Das muss man sich mal vorstellen!

Natürlich wird es keine Party geben, denn ich wüsste nicht, wen ich einladen soll, aber das macht überhaupt nichts. Heute Nachmittag kommt Luna zu mir, und wir hängen einfach nur ab. Zur Feier des Tages habe ich mir selbst trainingsfrei gegeben, und selbst die strengste Trainerin der Welt wird mich nicht davon abhalten, das auch durchzuziehen. Kein Sport, kein Stretching, nicht einmal ein paar Tanzschritte. Heute werde ich höchstens schwitzen, weil ich mich an der Torte überfuttere, die Dörte für mich gemacht hat. Pistazien-Marzipan-Sahnerolle, das leckerste Rezept der Welt!

Mein Magen knurrt, wenn ich nur daran denke. Tatsächlich habe ich Hunger wie ein Wolf. Der viele Sport hat meinen Kalorienverbrauch erhöht, sodass ich neuerdings viel mehr essen muss als sonst, um einigermaßen satt zu werden.

Ich springe aus dem Bett und schlüpfe schnell in Jeans und Kapuzensweater. Duschen kann ich auch noch nach dem Frühstück. Jetzt brauche ich erst mal etwas zu futtern … Bestimmt hat Dörte den Tisch besonders liebevoll gedeckt. Das macht sie samstags sowieso immer, aber zu besonderen Anlässen übertrifft sie sich meist selbst. Dann gibt es Köstlichkeiten wie Schoko-Croissants, Spiegeleier, Waffeln, Obstsalat oder Räucherlachs. Ich bin gespannt, was mich heute erwartet.

Zum Glück macht niemand einen Schnappschuss von meinem langen Gesicht, als ich die Küche betrete. Keiner da. Und noch schlimmer: nichts zu essen in Sicht! Keine Spiegeleier, keine Waffeln, nicht mal ein paar Scheiben trockenes Brot. Der Tisch ist vollkommen leer, wenn man von einem kleinen Notizzettel absieht. Vielleicht eine Nachricht für mich? Wenn Dörte mir darauf mitteilt, dass sie mit Martin auf den Wochenmarkt gegangen ist, um dort gemütlich zu shoppen, schreie ich! Das kann sie nicht bringen, oder? Ich schnappe mir den Zettel und lese, was da steht:

Liebes Geburtstagskind,
hast Du Appetit? Frühstück gibt's in Martins Wohnung.
Wir freuen uns auf Dich!
Kuss, Dörte

Erleichtert mache ich mich auf den Weg in die Nachbarwohnung. Ein bisschen schäme ich mich dafür, dass ich Dörte um ein Haar zugetraut hätte, mein Geburtstagsfrühstück zu boykottieren. Sie ist eine tolle Mum, ganz ehrlich. Allein schon im Vergleich mit Lunas Eltern: Die sind so gut wie nie zu Hause, machen ständig Überstunden und denken mehr an ihre Karriere als an ihre Tochter. Statt Waffeln für sie zu backen, drückt Frau Friedrich ihr lieber einen Geldschein in die Hand. Und Lunas Vater interessiert sich nur für ihre Einschaltquoten. Ich vermute mal, Luna würde liebend gern auf den Ruhm, die Limo und den ganzen Reichtum verzichten, wenn ihre Eltern dafür ein bisschen mehr Zeit für sie hätten.

»**ÜBERRASCHUNG!**«, rufen Dörte und Martin, als ich zum zweiten Mal am heutigen Tag eine Küche betrete. Diesmal werde ich nicht enttäuscht. Die Zeiten, in denen das Frühstück bei Martin aus steinhartem Brot, vertrocknetem Käse und scheußlichem Tee bestand, sind zum Glück längst vorbei. Dörte hat ihrem Lover klargemacht, dass ein gemeinsames Montagsfrühstück, bei dem an allem, was ess- oder trinkbar wäre, Mangel herrscht, kein guter Start in eine neue Woche ist. Seit Dörte ihn regelmäßig zum Supermarkt begleitet und er Stammkunde bei einem zuverlässigen Bäckerei-Lieferservice geworden ist, freue ich mich sogar darauf. Aber so wie heute hat in diesem Raum garantiert noch niemand aufgetischt: Es ist alles da, was das Herz begehrt, und noch viel mehr. Sogar Kaviar gibt es und Pfannkuchen mit Ahornsirup.

Doch bevor ich mich darüber hermachen kann, umarmt mich Dörte und gratuliert mir. »Mein Baby ist fünfzehn, ist das zu fassen? Du wirst langsam erwachsen, und ich bin so, so, so stolz auf dich! Alles Gute, mein Sonnenscheinchen!«

Endlich ist mein ärgster Hunger gestillt, und es folgt der nächste Programmpunkt, das traditionelle Highlight des Tages: Ich bekomme meine Geschenke!

Dörte überreicht mir ein kleines Päckchen – und außerdem ein zweites, noch viel kleineres. Ich packe das Minigeschenk zuerst aus. Es sind ein Paar silberne Ohrstecker in Form einer Sonne. »Als ich die gesehen habe, wusste ich sofort: Die sind wie für dich gemacht!«, schwärmt Dörte.

»Sie sind wunderschön«, freue ich mich. »Niemand hat so tolle zum Vornamen passende Ohrringe!«

In diesem Moment bin ich meiner Mutter sehr dankbar dafür, dass sie mich Sunny genannt hat.

Ich glaube zwar, dass dieses Geschenk nicht zu toppen ist, aber als ich das zweite Päckchen öffne und erkenne, was darin ist, bin ich total geflasht.

»Ein Smartphone? Mami, wie obercool, danke!«

Dörte strahlt, weil ihr die Überraschung gelungen ist, und vergisst dabei völlig, dass sie von mir nur mit dem Vornamen angesprochen werden will. Das Handy ist aber auch wirklich genial. Ach, am liebsten hätte ich jeden Tag Geburtstag!

Ich beiße gerade in ein allerletztes Honigbrötchen, als Martin sich räuspert. »Tja, Sunny, ein Geschenk wartet noch auf dich«, sagt er und steht auf.

»Echt? Cool!« Damit hätte ich nun wirklich nicht gerechnet. Martin ist der erste von Dörtes Lebensabschnittsgefährten, der mir etwas schenkt. Voll nett von ihm!

Martin verschwindet kurz und kehrt wenig später mit einem wuchtigen Einkaufskorb zurück. Meine Begeisterung sinkt eine Winzigkeit. Was in aller Welt soll ich denn mit einem Korb? Es sei denn, er ist gefüllt mit Süßigkeiten …

Aber nein. Er ist leer. Martin schenkt mir einen Korb ohne etwas darin. Ähm – hab ich was verpasst? Falls das ein Gag sein soll, habe ich ihn nicht verstanden. Oder ist das etwa sein Ernst?

»Oh, ein Einkaufskorb, wie hübsch. Und so groß! Danke, Martin«, stammele ich. Ich gebe mir Mühe, nicht allzu enttäuscht zu wirken, aber irgendwie scheint mir das nicht recht zu gelingen, denn Martin bricht in dröhnendes Lachen aus.

»Du glaubst, das wäre schon das Geschenk?«, japst er.

Dörte schaut genauso ratlos aus der Wäsche wie ich. Offenbar hat er sie nicht eingeweiht. Hätte er vielleicht mal besser tun sollen. Männer sind, was solche Dinge betrifft, scheinbar nicht sonderlich begabt. Aber was meint Martin mit *das wäre schon das Geschenk*? Nimmt er mich etwa auf den Arm?

»Der Korb ist nur der Behälter. Du darfst ihn selbst füllen. Was genau du auswählst, bleibt dir überlassen. Ich bestimme nur den Laden.«

Mein Gesicht muss wohl ein einziges Fragezeichen sein. »Du willst mit mir einkaufen gehen? Unser Kühlschrank ist ganz gut gefüllt, soweit ich weiß. Vielleicht gibst du lieber Dörte den Korb.«

Dieser Mann ist zwar Lehrer, aber von fünfzehnjährigen Mädchen hat er so viel Ahnung wie eine Kuh vom Skifahren.

»Irrtum, meine Liebe«, grinst Martin. »Ich hatte keineswegs vor, mit dir in den Supermarkt zu fahren. Und seit wann bewahrst du deine Bücher im Kühlschrank auf?«

Dörtes Miene hellt sich auf, und sie gibt Martin einen Schmatzer. »Was für eine entzückende Idee, mein Lieber. Damit machst du Sunny die allergrößte Freude!«

Ich hab's noch immer nicht geschnallt. Was redet Martin auf einmal von Büchern?

»Noch mal zum Mitschreiben«, sagt er lächelnd.

»Schnapp dir den Einkaufskorb und komm mit. Ich fahre gleich jetzt mit dir zu deiner Lieblingsbuchhandlung. Du darfst dir so viele Bücher aussuchen, wie in den Korb hineinpassen. Na, was hältst du davon?«

Wie cool ist das denn!

»Das ist das genialste Geschenk, das ich je bekommen habe!«, jubele ich und falle allen beiden um den Hals.

Dann wende ich mich an Dörte und sage: »Pass bloß auf, dass du diesen Traummann nicht irgendwann verärgerst – den sollten wir behalten!«

Woraufhin die beiden vielsagende Blicke tauschen. Ich wüsste zu gerne, was das zu bedeuten hat.

Aber viel Zeit zum Nachdenken bleibt mir nicht. Direkt nach dem Frühstück fahren wir zur Buchhandlung, und ich gerate volle Kanne in einen Kaufrausch. In Boutiquen und Kaufhäusern passiert mir das nie. Aber bei Büchern kann ich einfach nicht widerstehen. Meine Auswahl ist bunt gemischt: ein paar typische Girlpower-Geschichten, eine Biografie von Ke$ha, ein Sachbuch mit dem Titel *Female Hip-Hop*, drei Bände einer Fantasy-Reihe und zwei Jugendthriller. Dann entdecke ich noch ein letztes Buch, das ich unbedingt lesen will, und obwohl der Korb schon ziemlich voll ist, quetsche ich es dazu: Es ist *Der Zorn des Lammes* von Johannes Groschupf – demselben Autor, der auch *Lost Places* geschrieben hat, also den Roman, den Paul dabeihatte, als ich damals in ihn hineingerauscht bin, und der uns sofort Gesprächsstoff geliefert hat. Ohne *Lost Places* hätte ich vielleicht nie erfahren, dass auch Paul total leseverrückt ist und wir quasi seelenverwandt sind. *Der Zorn des Lammes* soll sogar noch spannender sein, und ich bin sicher, dass Paul auch diesen Thriller gerne lesen würde. Bestimmt freut er sich, wenn ich ihn ihm ausleihe. Vielleicht könnten wir das Buch gemeinsam für *OOOPS* rezensieren oder zumindest über die Story und unsere Lieblingsstellen diskutieren …

Aber stopp! Das wäre ja fast romantisch. Und Romantik ist mit Paul tabu. Seit letzter Woche erlaube ich es mir nicht einmal mehr, von ihm zu träumen. Genauer gesagt, seit dem vergangenen Samstag, als ich Luna verkündet habe, ich hätte meine Untersuchungen in Sachen Paul abgeschlossen und er sei in meinen Augen ein perfekter Kumpelfreund für sie: nett, gut aussehend und überhaupt nicht oberflächlich.

Zuerst wirkte sie nicht so ganz überzeugt, doch als ich ihr Pauls sämtliche Vorzüge aufzählte, vom schnuckeligen Aussehen über seine brillante Intelligenz bis zu seinem sympathischen Charakter, breitete sich ein Strahlen auf ihrem Gesicht aus. Während an mir innerlich ein unangenehmes Gefühl nagte. Ich versuchte natürlich, es schnell abzuschütteln. Eifersucht passt nicht zu einer Freundschaft.

Aber Lügen passen noch weniger.

17

ALS WIR MIT DEM RANDVOLLEN BÜCHERKORB nach Hause kommen, überreicht Dörte mir ein Päckchen von Stella, das in der Post war. Noch ein Geschenk! Dieser Tag ist fast zu schön, um wahr zu sein. Neugierig reiße ich die Verpackung auf. Als Erstes fällt mir eine Karte entgegen, auf der eine lachende Sonne abgebildet ist. Ich drehe sie um und lese:

> **Für meine BFF, die mir wahnsinnig fehlt**
> **und der ich alles Glück der Welt wünsche!**
> **Stella**

Mir fehlt sie auch. Doch in den letzten Wochen habe ich mich viel zu selten bei ihr gemeldet. Mein Zeitplan war einfach so voll. Und seit ich mit Luna befreundet bin, bespreche ich vieles mit ihr statt mit Stella. Oh Mann, ich bin schon eine treulose Tomate. Beschämt nehme ich mir vor, Stella gleich morgen anzurufen. Doch als ich ihr Geschenk auspacke, ändere ich diesen Plan umgehend und wähle sofort ihre Nummer.

»Stella, du verrückte Nudel«, sprudelt es aus mir heraus, »dieses T-Shirt ist einfach genial! So klasse, wirklich … Ich bin voll happy. Danke!«

»Ich hab mir das gleiche machen lassen«, antwortet Stella, und ich höre ihr an, dass sie sich über meine Begeisterung freut. »Dann können wir Partnerlook tragen, auch wenn wir zweihundert Kilometer voneinander entfernt sind.«

»*Freundschaft ist, als ob immer die Sonne scheint*«, lese ich den T-Shirt-Aufdruck laut vor. »Das ist reinste Poesie. Ich werde das Shirt bei meinem Wettbewerbsauftritt tragen, als Glücksbringer.«

Ich würde am liebsten noch viel länger mit Stella sprechen, aber es klingelt an der Haustür. Ob das schon Luna ist?

»Wir telefonieren morgen wieder, okay?«, sage ich.

»Ich freu mich«, antwortet Stella. Dann legen wir beide auf. Schon wieder ertönt die Türklingel. Warum hat Dörte nicht geöffnet? Bestimmt ist sie drüben bei Martin.

»Ich dachte schon, du lässt mich hier warten, bis ich schwarz bin«, begrüßt mich Luna.

Huch, was ist denn mit der los? So divenhaft hat sie sich schon lange nicht mehr aufgeführt. Eigentlich seit unserem Abenteuer im Wald nicht mehr. Jetzt scheint ihr einzufallen, aus welchem Anlass sie heute hier ist: nämlich nicht in ihrer Funktion als meine Trainerin, sondern als mein Geburtstagsgast.

»Sorry, ich hatte vorhin Stress mit meiner Mum«, bittet sie mich um Entschuldigung. »Komm, lass dich drücken, Sunny. Herzlichen Glückwunsch und alles Gute!«

»Danke. Aber komm doch erst mal rein. Magst du Torte? Dörte macht die beste Pistazien-Marzipan-Sahnerolle der Welt.«

»Klingt super. Gerne!«

Ich belade zwei Teller mit je einem dicken Tortenstück und schleppe außerdem zwei Gläser und eine Flasche Limonade in mein Zimmer, wo Luna schon auf mich wartet.

Kaum habe ich alles auf meinem Schreibtisch abgestellt, drückt sie mir den Riesenkarton in die Hand, den sie offenbar in ihrem Rucksack mitgebracht hat.

»Hier, mein Geschenk. Du wirst begeistert sein!«

Ihr siegesgewisses Lächeln lässt mich zögern. Und was, wenn es mir nicht gefällt?

»Na los, nun pack es schon aus. Und ich will kein Wort hören von wegen zu teuer und so, okay?«

Die Alarmglocken in meinem Kopf werden lauter. Irgendwie fühle ich mich wie vor einer Prüfung, für die ich nicht gelernt habe.

Langsam und bedächtig, um Zeit zu gewinnen, öffne ich den Karton. Zuerst sehe ich einen Haufen Klamotten. Lauter Markensachen.

»Schau hier, diese Baggy Pants geben dir richtig viel Bewegungsfreiheit. Und die Skaterschuhe sind viel cooler als deine alten. Für den Auftritt kommen deine schlabberigen Kapuzenpullis nicht infrage, dieses Spaghetti-Top wird dir super stehen, wetten? Wie findest du die Farbkombination? Pink, Gelb und Giftgrün ist ein richtiger Hingucker, ich bin ganz verliebt in diesen Look«, präsentiert Luna mir die Sachen.

»Du schenkst mir ein komplettes Hip-Hop-Outfit?«, frage ich ungläubig.

»Klar, für den Wettbewerb. Du musst schließlich krass gut aussehen.« Luna nickt. »Das ist ein Erfolgsfaktor, den man nicht unterschätzen sollte.«

»Aber das ist … voll übertrieben«, sage ich unglücklich. Ich fühle mich überrannt. Aber ich will Luna nicht enttäuschen.

»Übertrieben? Ach, Unsinn. Und überhaupt: Die Klamotten sind noch nicht alles. Du musst die Karte lesen.«

Wie betäubt öffne ich den Umschlag und lese laut vor: »Gutschein für ein komplettes Make-over, inklusive Maniküre, Schminkschule, Haarschnitt, Strähnchen und Extensions.«

Das darf doch nicht wahr sein.

»Na, was sagst du? Hast du jemals so ein Mega-Geschenk bekommen?«

Mega-Geschenk? Das ist eher ein Mega-Albtraum!

»Hör mal, Luna, das ist alles lieb gemeint, aber ich kann das echt nicht annehmen«, versuche ich es auf die höfliche Tour.

»Klar kannst du!« Luna lacht. »Ich verdiene beim Sender so viel, dass ich es mir leisten kann, auch mal teurere Geschenke zu machen. Da musst du kein schlechtes Gewissen haben, freu dich einfach über die schönen Sachen.«

»Na ja, die Klamotten sind ja auch wirklich super.«

Ich finde die Farben zwar ein bisschen sehr knallig, aber das erwähne ich nicht. Ein Bühnenoutfit darf ja ruhig auffallen, auch wenn das nicht so ganz mein Geschmack ist.

Da will ich mal nicht so wählerisch sein. Stattdessen fahre ich fort: »Das Top allerdings werde ich auf keinen Fall tragen, das musst du verstehen.«

Luna sieht nicht so aus, als wollte sie irgendetwas verstehen. »Kommt überhaupt nicht infrage, dieses Outfit ist perfekt kombiniert, ein anderes Oberteil würde alles nur ruinieren.«

Langsam werde ich sauer. Ein Geschenk soll doch Freude machen, oder? Ich muss wohl noch deutlicher werden.

»Also, erstens ist mir das Top zu freizügig. Ich werde auf keinen Fall etwas so Knappes, Hautenges anziehen, wenn ich tanze und mich die komplette Schule dabei anglotzt. Und zweitens habe ich schon Stella versprochen, ihr Shirt bei meinem Auftritt zu tragen. Als Glücksbringer. Und versprochen ist versprochen.«

»Du meinst doch nicht etwa diesen Fetzen mit dem Kitschspruch darauf?«, schnaubt Luna. »Schwarzer Text auf Orange, das passt kein bisschen zu den anderen Sachen. Geht gar nicht!«

Was bildet Luna sich ein? Ich werde nicht erlauben, dass sie Stellas Geschenk in den Dreck zieht.

»Das ist kein bisschen kitschig, und es bedeutet mir sehr viel. Was aber gar nicht geht, ist dieses blöde Make-over. Mensch, Luna, darüber haben wir doch schon gesprochen. Ich will keine neue Haarfarbe und erst recht keine Haarverlängerung. Wenn du mich nicht so magst, wie ich bin, dann verstehe ich nicht, warum du überhaupt mit mir befreundet sein willst.«

Meine Stimme zittert. Fehlt noch, dass ich jetzt losheule. Ich muss mich zusammenreißen.

Luna ist nicht mehr zu bremsen: »Von wegen! Du hast nur gesagt, du wärst schließlich kein Fernsehstar. Aber bald stehst du auf der Bühne, und da gelten andere Regeln.«

»Machst du Witze? Was denn für Regeln? Welche Regel erlaubt dir denn, mich gegen meinen Willen zum Friseur zu schleppen und mich völlig umstylen zu lassen? Weißt du was? ICH STREIKE!«

»Oh Mann, du bist so was von zickig.« Luna wird jetzt auch lauter.

Am liebsten würde ich ihr die Torte ins Gesicht klatschen, so wie in einem altmodischen Slapstick-Film, aber ich beherrsche mich und blaffe zurück: »Du bist hier die Oberzicke! Meinst du, es muss immer alles nach dir gehen, nur weil du berühmt bist? Ich dachte, Freundinnen akzeptieren einander ohne Wenn und Aber. Ich akzeptiere ja schließlich auch deine blöden blauen Haare …«

Zehn Sekunden später fällt unsere Wohnungstür ins Schloss, und ich höre nur noch, wie sich Lunas wütende Schritte durchs Treppenhaus entfernen.

Sie ist weg.

Zum ersten Mal haben wir uns im Streit getrennt, und das ausgerechnet heute. Mein Blick fällt auf Stellas Shirt und die Aufschrift *Freundschaft ist, als ob immer die Sonne scheint*. Meine Gefühlslage passt eher zu einem Gewittersturm. Die Tränen laufen mir übers Gesicht, als ich die Torte zurück in die Küche trage. Der Appetit ist mir gründlich vergangen.

Den Rest des Wochenendes warte ich auf ein Lebenszeichen von Luna. Vielleicht kommt sie ja vorbei, sobald sie sich wieder beruhigt hat? Aber sie ruft nicht einmal an und schickt auch keine SMS. Es herrscht völlige Funkstille.

Am Montagmorgen sitzt sie wie immer auf dem Platz neben mir, aber auf mein zaghaftes »Hallo« kommt keine Antwort. Kein Augenzwinkern, kein Lächeln, nicht mal ein mürrisches Brummen. Sie tut ganz einfach so, als wäre ich gar nicht da.

Tagelang wechseln wir nicht ein einziges Wort. Es ist schrecklich! Ich fange an, meine barsche Reaktion zu bereuen.

Wie konnte ich bloß so dickköpfig sein? Sie hat es doch bestimmt alles ganz nett gemeint. Die Geschenke und vor allem der Gutschein waren zwar völlig übertrieben, aber sie wollte mir damit eben eine Freude machen. Und ich habe sie enttäuscht. Wie konnte ich nur?

Nachdem ich hier in Köln anfangs so wahnsinnig einsam war, habe ich in Luna endlich eine Freundin gefunden. Eine megacoole Freundin sogar! Doch bei der erstbesten Gelegenheit vergraule ich sie, und das nur aus purer Sturheit. Warum bin ich nur so eigensinnig?

Natürlich bekommen Lisa Spatzenhirn und die anderen mit, dass zwischen uns dicke Luft herrscht. Lisa fängt sogar an, sich wieder verstärkt bei Luna einzuschleimen, doch die lässt sie zum Glück abblitzen. Immerhin. Ich hätte es nicht ertragen, wenn Luna mich als beste Freundin ausgerechnet durch diese Ziege ersetzt hätte.

Irgendwann halte ich es nicht mehr aus. Die sechste Stunde ist zu Ende, alle packen ihre Taschen zusammen, ziehen ihre Mützen auf und binden ihre Schals um. Ich nutze das allgemeine Tohuwabohu, um Luna unauffällig auf die Schulter zu tippen.

»Du, Luna, es tut mir so wahnsinnig leid. Können wir nicht wieder …?«

Den Rest des Satzes kann ich mir sparen. Luna presst ihre Lippen zusammen, steht auf und geht wortlos weg. Ich starre ihr nur verzweifelt hinterher.

Oh ja, ich habe es wirklich und wahrhaftig vergeigt!

Ich muss ihr nachlaufen! Schnell schnappe ich meine Schultasche und flitze hinaus auf den Flur, doch statt Luna einzuholen, rase ich volle Kanne in Paul hinein. Mal wieder.

»So langsam wird das zu einer Angewohnheit«, kommentiert Paul.

»Ähm, tut mir leid, ich war nur so in Eile«, versuche ich mich herauszureden.

Mein Herz pocht im Rekordtempo. Ich bin total verwirrt! Paul so nahe zu sein, selbst in einer peinlichen Situation wie dieser, ist einfach wunderbar! Obwohl ich mir selbst verboten habe, weiter für ihn zu schwärmen. Aber gilt das überhaupt noch, jetzt, nachdem Luna und ich keine Freundinnen mehr sind?

»Ich habe dich gesucht. Hier, eine Kleinigkeit zu deinem Geburtstag. Und nachträglich alles Gute«, sagt Paul und überreicht mir ein Päckchen in leuchtend blauem Geschenkpapier.

Wahnsinn! Er hat daran gedacht.

Vor Freude weiß ich erst gar nicht, was ich sagen soll. »Das ist – ähm – ganz lieb, danke!«, stammele ich schließlich.

Am liebsten würde ich ihm um den Hals fallen. Verboten, verboten, stoppt mich mein Gewissen. Und weil ich vollkommen verwirrt bin, stopfe ich das Päckchen, das aussieht, als enthielte es ein Buch, einfach in meine Tasche, murmele »Bis dann« und mache mich aus dem Staub.

Schon am selben Nachmittag kippt meine Stimmung. War ich vorhin denn vollkommen bescheuert? Warum habe ich mich Paul gegenüber so blöd verhalten? Wieso nehme ich überhaupt noch Rücksicht auf Luna? Und weshalb bitte ich sie überhaupt um Entschuldigung? Was habe ich denn falsch gemacht? Schließlich hat Luna **mich** beleidigt, nicht umgekehrt. Indirekt hat sie mir zu verstehen gegeben, dass ich nicht interessant genug aussehe, um mit ihr befreundet zu sein. Und jetzt spielt Luna die beleidigte Leberwurst, als wäre es genau umgekehrt gelaufen.

»Das muss man sich doch nicht gefallen lassen, oder?«, sage ich laut vor mich hin. Himmel, jetzt führe ich schon Selbstgespräche! Das kommt davon, dass ich mit niemandem über die Situation reden kann. Mit Luna sowieso nicht. Aber auch nicht mit Dörte, die mich bestimmt wieder therapieren wollen würde, wenn ich ihr davon erzähle. Und mit Stella unterhalte ich mich lieber über andere Themen, zum Beispiel den Colin-Nachfolger Per. Es erscheint mir einfach unpassend, ausgerechnet sie in das Luna-Desaster mit hineinzuziehen.

Ich beschließe, von jetzt an genauso cool zu sein wie Luna und nicht mehr zu zeigen, dass ich unter der Situation leide. Mir doch total egal, ob sie sauer ist. Ich brauche sie nicht. Ich habe ja Stella. Und meine Bücher. Und das Tanzen …

Das Tanzen! Oh nein, den Wettbewerb habe ich vollkommen vergessen. Seit meinem Streit mit Luna sind natürlich auch die gemeinsamen Trainingseinheiten ausgefallen. Das ganze Programm war sowieso völlig übertrieben. Keine Ahnung, warum Luna sich da so reingesteigert hat. Fast wie eine dieser überehrgeizigen Mütter, die aus ihren Kindern unbedingt kleine Olympiasieger oder Gesangswunder machen wollen.

Kurz überlege ich sogar, ob ich meine Anmeldung rückgängig machen soll. Kein Mensch kann mich zwingen, bei diesem Wettbewerb anzutreten.

Aber dann beschließe ich, Luna diesen Triumph nicht zu gönnen. Pah, ich kann das auch ohne sie schaffen! Ich weiß nur noch nicht, wie.

18

ICH STEHE AUF DER BÜHNE.

Aus den Lautsprechern sollte eigentlich **Moondancer** von den **Sunny Days** erklingen, doch stattdessen läuft **Der Mond ist aufgegangen**. Ein Kinderlied! Ich will mich beschweren und verlangen, dass die richtige Musik aufgelegt wird. Aber aus meinem Mund kommt nur ein Krächzen.

»Tanzen, Tanzen«, skandiert das Publikum hämisch. Ich versuche verzweifelt, mich an meine Moves zu erinnern. Aber ich kann mich an keine einzige der mühsam eingeübten Schrittfolgen erinnern. Alles, was ich zustande bringe, sind kindische Hampelmann-Hüpfer. Lisa Spatzenhirn, Luna, meine anderen Klassenkameraden und überhaupt alle brüllen vor Lachen. Die ganze Aula bebt von dem Gelächter.

»Tanzen ist, als ob es niemals regnet!«, rufe ich. Nein, der Spruch ging irgendwie anders. »Ich meine: Gewitter ist, als ob man keine Freunde hat«, korrigiere ich mich. Auch falsch. Ich kann keinen klaren Gedanken fassen. Als wäre mein Kopf voller Zuckerwatte.

»Du hast einfach kein Talent, Sunny!«, verkündet der stellvertretende Direktor Sperling. Ausgerechnet er thront auf dem Platz des Jurypräsidenten.

»Jetzt weiß ich es wieder«, jammere ich unglücklich. »Freundschaft ist, als ob immer die Sonne scheint.«
»Klaro, steht ja auch auf deinem T-Shirt«, wiehert Sperling. »Übrigens das hässlichste Shirt im Wettbewerb. Und der Spruch erst. Voll kitschig.«
»Nein, nein, das ist mein Glücksbringershirt!«, schreie ich.

In diesem Moment schrecke ich hoch. Mein Wecker zeigt vier Uhr morgens. Ich bin schweißgebadet. Wenigstens war das eben nur ein Albtraum. Aber ein erschreckend realistischer!

Ich stehe auf und schleiche mich in die Küche, um mir ein Glas Wasser zu holen. Trinken beruhigt – oder jedenfalls sollte es das. Aber als das Glas leer ist, habe ich noch immer Herzklopfen. Und eine Gänsehaut. Verflixt, ist das kalt. Das kommt davon, wenn man in einer Winternacht ohne Hausschuhe und nur in einem kurzen Schlafshirt durch die Wohnung geistert.

Vielleicht werde ich ja krank, schießt es mir durch den Kopf. Das wäre doch **die Lösung**! Dann hätte ich eine super Ausrede, um nicht an diesem blöden Wettbewerb teilnehmen zu müssen. Zitternd krieche ich wieder ins Bett und kuschele mich in die warme Decke. Wenn ich Glück habe, bekomme ich morgen früh Fieber und Schüttelfrost, denke ich beim Einschlafen.

Doch als mein Wecker zwei Stunden später klingelt, fühle ich mich topfit. Leider! Nicht einmal ein winziger Schnupfen ist im Anmarsch. Was bin ich doch für ein Pechvogel!

Der Tag geht genauso enttäuschend weiter, wie er angefangen hat. Erst schreiben wir einen Mathetest, bei dem ich keine einzige Frage beantworten kann, während Luna neben mir rasend schnell die Seiten füllt. Natürlich dreht sie sich so, dass ich nicht die winzigste Chance habe, einen Blick auf ihr Blatt zu werfen. Schon verstanden. Feindinnen lässt man nicht abschreiben.

Als Nächstes lese ich am Schwarzen Brett, dass die Aula schon heute Nachmittag für den Talentwettbewerb bestuhlt und geschmückt wird. Generalprobe ist dann am Mittwoch. **Also morgen!**

Oh Mann, ich habe seit Tagen nicht trainiert. Ich könnte heulen. Hätte ich mich doch nie angemeldet! Das wird bestimmt ein Desaster ... Wie soll ich meinen Auftritt ohne echte Fans überstehen? In Frankfurt war das damals völlig anders: Wir waren ein Team, haben uns gegenseitig motiviert, und wir hatten alle jede Menge Unterstützung von Freunden. Hier dagegen bin ich ganz auf mich allein gestellt. **Ohne Luna. Oder sonst jemanden.**

Den Tiefpunkt dieses Schultages erlebe ich auf der Mädchentoilette. Hier schließe ich mich während der zweiten Pause ein, um niemandem begegnen zu müssen. Aber der Schuss geht nach hinten los, denn so muss ich mit anhören, wie Lisa Spatzenhirn mit Clara und Marie nebenan über mich ablästert.

»Wetten, dass ihr Auftritt die größte Peinlichkeit aller Zeiten wird?«, kräht Marie.

»Hundertpro«, stimmt Clara zu. »Oder hat vielleicht eine von euch Sunny jemals tanzen sehen? Na?«

»Du hast völlig recht!«, kreischt Lisa aufgeregt. »Ich würde wetten, dass Luna sie genau deswegen hat fallen lassen. Aus Scham! Das wäre tödlich für ihre Karriere, wenn bekannt würde, mit was für einer Loserin sie befreundet ist.«

So eine fiese Hexe!

Ihre Worte sind zwar nicht für meine Ohren bestimmt, aber sie treffen mich wie Pfeile. Scharfe, spitze Giftpfeile.

Luna findet meinen Tanzstil super, würde ich am liebsten rufen, und außerdem hat sie mich nicht fallen lassen, sondern ich habe ihr die Meinung gegeigt, so war das nämlich!

Aber ich bleibe stumm. Wütend kauere ich auf der Toilettenbrille und raufe mir die Haare. Die ungeschnittenen, unverlängerten, ungefärbten mittelbraunen Zottelhaare.

An diesem Abend zwinge ich mich, zum ersten Mal seit meinem Geburtstag wieder zu trainieren. Natürlich ohne den ganzen Yoga-und-Ausdauer-Quatsch. Ich wiederhole einfach nur zwei- oder dreimal meine Choreografie. Anders als in meinem Albtraum spule ich die Moves ab, als wären sie sicher auf einer Festplatte gespeichert. Allerdings auf der eines ziemlich vergammelten Rechners, der komische Geräusche macht und jeden Moment abstürzen könnte. Obwohl mir alles gelingt, fühle ich mich seltsam verunsichert. Wie eine Hochstaplerin, der die Tanzschritte nur ausnahmsweise und rein zufällig gelungen sind. Und an meiner Ausstrahlung hätte Luna garantiert allerhand auszusetzen. Aber die ist nicht hier …

Immerhin fühle ich mich halbwegs vorbereitet, als ich am nächsten Nachmittag in die Aula schleiche. Die Generalprobe ist schon in vollem Gange. Sämtliche Teilnehmer, aber auch einige ihrer Fans und ein paar Lehrer haben sich im Zuschauerraum versammelt und beobachten gerade einen Elftklässler, der ein paar ziemlich beeindruckende Kartentricks präsentiert. Meine Güte, ist der Typ gut! Wahnsinn, diese Fingerfertigkeit. Er erntet entsprechend viel Applaus und gehört in meinen Augen unbedingt zu den Favoriten. Allerdings sind die nächsten Nummern, die gezeigt werden, auch nicht übel. Hilfe, im Vergleich dazu werde ich dastehen wie eine Witzfigur! Ich bekomme Ohrensausen, wenn ich nur daran denke, dass ich gleich auf die Bühne muss. Was, wenn dasselbe passiert wie in meinem Traum? Wenn ich dastehe wie eine Marionette und keine Moves zustande kriege?

Als Nächstes sind Stimmbruch-Ben und Quietscheenten-Marie dran. Ich bin auf das Allerschlimmste gefasst. Als die beiden zu singen anfangen, versetzt es mir geradezu einen Schock, denn ihr Duett klingt absolut … erträglich. Nein, falsch, das war gemein und untertrieben. Fairerweise muss ich zugeben, dass es sich richtig gut anhört. Die beiden können wirklich singen. Wer hätte das gedacht?

Ich seufze. Es ist nicht zu fassen. Bisher waren alle besser als ich – sogar Ben und Marie!

Aber es hilft nichts, Sunny. Da musst du durch, mache ich mir selbst Mut. Dann blamiere ich mich eben. Na und? Ist mir doch sowieso egal, was die anderen von mir denken. Das rede ich mir jedenfalls ein.

»Sunny, fertig machen zum Auftritt«, brüllt jemand durch ein Megafon. Dass dieser Jemand ausgerechnet *Ähm-Dingens-Philipp* ist, macht die Sache nicht besser. Aber auch nicht schlimmer.

Ich will mich gerade auf den Weg in Richtung Umkleide machen, als ich innehalte: Da steht Luna. Und sie ist nicht allein, sondern in ein lebhaftes Gespräch vertieft. Mit niemand anderem als mit Paul. Oh Mann!

Das gibt mir den Rest. Die Panik übermannt mich. »Ich muss nach Hause. Mir ist total schlecht. Magen-Darm-Grippe«, keuche ich und mache mich aus dem Staub. Den Bühneneingang lasse ich links liegen und flüchte über den Korridor, hinaus auf den Schulhof und durch das Tor auf die Straße. Einfach nur weg! Die Strecke nach Hause, für die ich sonst eine Viertelstunde brauche, schaffe ich heute in neun Minuten. Und mit jedem Schritt werden die Wut auf Luna, die Gefühle für Paul und das Lampenfieber immer schlimmer. Drei Empfindungen, von denen ich eigentlich schon geglaubt habe, ich hätte sie überwunden. So kann man sich irren.

Ich verschwinde rasch in mein Zimmer, bevor Dörte nach Hause kommt, um ihrem unerbittlichen Therapeutinnen-Röntgenblick und der unausweichlichen Standarddiagnose »Du hast doch was!« zu entgehen. Diesmal hätte sie damit sogar recht, denn – ja, ich habe was. Nämlich Liebeskummer.

Ich gebe es zwar ungern zu, aber Tatsache ist: Ich bin hoffnungslos verknallt in Paul. Und blöd, wie ich bin, habe ich ihm das kein bisschen gezeigt, sondern sogar noch dabei geholfen, dass Luna mit ihm zusammenkommt. Ausgerechnet Luna – sie hat doch sowieso alles, was man sich nur wünschen kann! Und jetzt hat sie auch noch Paul. **Meinen Paul!**

Total deprimiert schmeiße ich mich auf das Bett und ärgere mich über mein blödes Verhalten. Ich bin tatsächlich geflüchtet. Das war so was von feige! Andererseits: Was ist so schlimm daran, feige zu sein? Feigheit ist reinster Selbstschutz. Sie hindert einen daran, unnötige Risiken einzugehen oder sich vor ein paar Hundert Leuten zum Affen zu machen. Kaum zu fassen, dass ich genau das vorhabe.

Plötzlich fällt mir Pauls Geschenk ein. Ich habe es immer noch nicht ausgepackt! Bestimmt wartet er darauf, dass ich ihm sage, wie mir das Buch gefallen hat – und ich blöde Kuh habe es noch nicht einmal angeschaut. Hastig wühle ich in meiner Schultasche, ziehe das Päckchen hervor und reiße es auf. *Moments 2 Remember* steht in leuchtend gelben Buchstaben auf dem dunkelblauen Cover. Was ist denn das für ein Roman? Und warum enthält er lauter weiße Seiten? Es dauert einen Moment, bevor ich kapiere, dass es sich um ein Notizbuch handelt.

Ich lege es auf meinen Nachttisch. Für den Fall, dass ich irgendwann in diesem Leben noch etwas erlebe, das es wert ist, aufgeschrieben zu werden. Im Moment sieht es allerdings nicht danach aus, als würde es jemals so weit kommen.

Auch nach drei ziemlich mittelmäßigen Probedurchgängen meines Tanzes bin ich kein Stück zuversichtlicher. Was ich im großen Spiegel gesehen habe, war kein überzeugendes Power-Girl, sondern eine verzagte Möchtegern-Tänzerin ohne Körperspannung und mit wirren, schulterlangen Haaren. Ein Hampelmann – wie in meinem Albtraum! Inzwischen bin ich vollkommen davon überzeugt, sterben zu müssen. Vor Aufregung.

Den Auftritt absagen, um mein junges Leben zu retten, ist leider nicht drin: Meine Mutter und Martin haben sich für morgen extra freigenommen, damit sie dabei sein können. Ich darf sie einfach nicht enttäuschen! Was kann ich tun?

Da erinnere ich mich an die Idee von neulich Nacht: Ich müsste einfach krank werden. Oder, wenn das auf natürliche Weise nicht funktioniert, mich krank stellen. Aber das würde Dörte sofort durchschauen.

Moment – da kommt mir eine Idee: Was, wenn ich mich so verletze, dass ich nicht tanzen kann? Das ist es!

Im Grunde ist die Sache ganz einfach! Ich stelle mich auf einen Stuhl und versuche, möglichst ungeschickt herunterzuspringen, um mich dabei so zu verletzen, dass ich tanzunfähig bin. Drei, vier – und jump, Sunny!

Okay, so einfach ist es offenbar doch nicht, denn der erste Versuch scheitert grandios. Ich knicke nicht einmal leicht um. Es kann doch nicht so schwer sein, sich den Fuß zu brechen! Oder wenigstens zu verstauchen.

»Und was, bitte, soll das werden?«, sagt jemand, als ich meinen zweiten Versuch starten will. Luna! Vor lauter Schreck stürze ich fast wirklich vom Stuhl … Zum Glück fängt sie mich auf, und dann fallen wir uns in die Arme.

Luna ist tatsächlich gekommen, um sich zu entschuldigen. »Du hast völlig recht – farbige Strähnchen und Extensions passen vielleicht zu mir, aber nicht zu dir. Ich hatte kein Recht, dich so zu bevormunden.«

»Und ich hätte nicht so gemein reagieren sollen. Schließlich ist es doch wahr: So, wie ich bin, sehe ich fürchterlich aus!«, rufe ich verzweifelt. »Meine Haare sind wie Kraut und Rüben!«

Da zückt Luna ihr Handy, führt ein kurzes Gespräch, nickt dann und sagt: »Jessy ist in einer Viertelstunde hier.«

Erst stehe ich auf dem Schlauch, doch dann wird mir klar, dass sie von ihrer Stylistin spricht. »Lass dich gut beraten, aber zu nichts überreden!«, sagt sie.

Ich muss lachen. Wer wollte mich neulich noch zu einer Haarverlängerung drängen?

Zu meiner eigenen Überraschung wird es dann das genaue Gegenteil einer Haarverlängerung: nämlich ein frecher Kurzhaarschnitt, genau wie der von Emma Watson nach ihrem letzten Harry-Potter-Film. Ich hätte nie gedacht, dass mir so eine Frisur dermaßen gut stehen würde! Jessy zupft mir außerdem noch ein wenig die Augenbrauen und färbt meine Wimpern. Dann pinselt sie mir ein wenig Puder ins Gesicht und gibt etwas Lipgloss auf meine Lippen, fertig.

Ich erkenne mich kaum wieder!

Luna ist begeistert: »Du siehst einfach umwerfend aus!«

»Mag sein. Aber das Lampenfieber ist immer noch nicht weg. Ich werde versagen, wetten?«

Luna wettet dagegen. Und sie bleibt über Nacht, um mich zu beruhigen. Ich hätte nicht geglaubt, dass sie das schafft, aber dann versichert sie mir, wie aufgeregt sie vor jedem einzelnen Fernsehauftritt ist, und darüber staune ich nicht schlecht: »Du wirkst immer so cool!« Sogar neulich im Studio wollte ich ihr die Sache mit dem Lampenfieber nicht abnehmen.

»Tja, cool wirken heißt nicht, dass man es auch ist.«

»Ich kann das nicht.« Da bin ich sicher.

»Und ob du das kannst!«

Man kann Luna einfach nicht widersprechen!

19

WIDER ERWARTEN ÜBERLEBE ICH DIE NACHT. Ich kann sogar ein bisschen schlafen. Zwar immer nur für ein paar Sekunden (Luna behauptet, es wären Stunden gewesen – bestimmt übertreibt sie mal wieder maßlos), aber ich fühle mich einigermaßen ausgeruht, als wir uns gegen halb neun am Frühstückstisch einfinden.

»Cool, so herumtrödeln zu dürfen, während sich die anderen gerade mit quadratischen Gleichungen und unregelmäßigen Verben abmühen müssen«, findet Luna und beißt genüsslich in ein Marmeladenbrötchen.

Ehrlich gesagt: Ich würde lieber auf das Privileg verzichten, heute vom Unterricht befreit zu sein, wenn ich nachher gemütlich im Publikum sitzen dürfte, anstatt mich auf der Bühne zu blamieren.

»Wann genau beginnt denn der Wettbewerb?«, fragt Martin. »Ich muss meine Kamera noch aufladen.«

»Um drei Uhr startet die Show«, antwortet Luna für mich, denn ich bin zu sehr damit beschäftigt, oh weh, oh weh, oh weh zu denken, als dass ich mich am fröhlichen Tischgespräch beteiligen könnte. »Aber die Teilnehmer treffen sich schon eine Stunde früher«, ergänzt Luna, die als Moderatorin der Veranstaltung ebenfalls nicht in die Schule gehen muss. »Wir müssen also gegen Viertel vor zwei los.«

Oh weh, oh weh, oh weh!

»Sunny, mein Schatz, du isst ja gar nichts!«, stellt Dörte ganz richtig fest. Ich klammere mich an meiner Kakaotasse fest und stiere panisch auf den leeren Teller, als könnten darauf gleich magische Schriftzeichen erscheinen, die mir die Rettung bringen.

Natürlich bleibt der Teller weiß, und Rettung ist nicht in Sicht. Dazu müsste schon die Schule abbrennen (keine Angst, ich plane keinen Brandanschlag) oder die Welt untergehen (was insgesamt wohl noch unangenehmer wäre).

»Du musst wirklich etwas essen, mein Sonnenscheinchen, damit du richtig viel Power hast!«, versucht Dörte mich zu motivieren.

Ich könnte heulen.

Entschlossen schüttele ich den Kopf, was sich irgendwie komisch anfühlt. So als würde an meinem Kopf irgendetwas fehlen. Mein Verstand? Dann fällt mir ein, dass ich seit gestern kurze Haare habe, und fasse mir unwillkürlich in den Nacken, der auf einmal ganz ungeschützt ist, aber auch frei – ein gutes Gefühl.

»Also, wenn ich Lampenfieber habe, esse ich immer Zwieback. Das ist gut gegen den nervösen Magen, und das Kauen lenkt ab.«

Klingt irgendwie einleuchtend. Außerdem: Wenn hier jemand Erfahrung mit aufregenden öffentlichen Auftritten hat, dann Luna. Meine Freundin. Ich bin so froh, sie zurückzuhaben! Ohne sie würde ich das alles garantiert nicht überleben.

Wobei **das alles** auch dieses Frühstück mit einschließt. Und natürlich die vielen Stunden zwischen jetzt und dem großen Augenblick. Eine halbe Ewigkeit. Ich habe nicht die geringste Ahnung, wie ich diese Zeit überstehen soll.

Zum Glück hat Luna einen ziemlich genauen Plan: »Es gibt noch so viel zu tun, lass uns loslegen!«, ruft sie und klatscht in die Hände. »Erst mal räumen wir den Tisch ab, dann gehen wir eine Runde laufen, und nach dem Duschen habe ich uns eine Entspannungsmassage gebucht. Mai Li kommt um Punkt elf.«

»Lasst nur stehen, das Abräumen übernehme heute ich.« Dörte lächelt.

Luna zwinkert mir zu. Wow, sie hat geblufft! Nicht zu fassen.

Ich grinse breit und zwinkere zurück. Wenn Martin nicht in diesem Moment mit der Kamera und dem Ladekabel hereingekommen wäre, hätte ich womöglich für ein paar Minuten gar nicht an den Wettbewerb gedacht!

Luna ist eine Zauberin. Sie schafft es schließlich tatsächlich, dass ich mein Lampenfieber vergesse. Zumindest, solange wir joggen. Beim anschließenden Duschen fällt es mir dann zwar kurzfristig wieder ein, aber als Mai Li mit einem fröhlichen »*Sssönä gutä Molgän*« hereingeschneit kommt und mitten in meinem Zimmer ihre mobile Massageliege aufbaut, scheint die Bühne in der Aula Tausende von Kilometern entfernt zu sein. Dann fängt sie an, mit ihren kleinen Händen meine Rückseite durchzukneten, sodass ich an überhaupt nichts anderes mehr denken kann als an all die Muskeln, die ich genau in dieser Sekunde erst kennenlerne.

»*Ansließäänd noch bissjän Luhä, und du fühle dia plima!*«, verkündet Mai Li schließlich, und ich schaffe es gerade noch, mich von der Liege zum Bett rüberzuschleppen. Der letzte Gedanke, zu dem ich fähig bin, ist, dass etwas Ruhe – oder wie Mai Li gesagt hat: *Luhä* – eine ausgezeichnete Idee ist.

Als ich die Augen wieder aufschlage, um mich ausgiebig zu rekeln und zu strecken, begrüßt Luna mich mit den Worten: »Na, du Schlafmütze?«

Erschrocken setze ich mich auf und registriere, dass es schon nach zwölf ist. »Zeit für die Henkersmahlzeit«, sagt Luna. Sie läuft in die Küche und kehrt wenig später mit zwei weiteren Portionen ihres Lampenfieber-Menüs zurück: heiße Schokolade mit Sahne und Zwieback. »Das beruhigt, sättigt und macht glücklich.«

Erst glaube ich, dass ich bestimmt keinen Bissen herunterkriege, aber dann gebe ich nach. Immerhin könnte ich es ja wenigstens mal probieren. Hmmm, gar nicht so übel. Wider Erwarten tut es sogar richtig gut, endlich mal wieder was in den Magen zu kriegen. Ehrlich gesagt bin ich regelrecht am Verhungern.

»Halt, halt, nicht übertreiben«, stoppt Luna mich und lacht. »Wenn du zu viel futterst, wirst du noch faul und müde. Dann ist es ruck, zuck vorbei mit Ausdruck und Körperspannung.«

Der Appetit verfliegt schlagartig, als mir der Wettbewerb wieder einfällt. Ich ziehe eine Grimasse. »Danke, Luna. Gerade habe ich mich noch gut gefühlt. Aber du musstest mich ja an alles erinnern!«

»Gern geschehen«, erwidert Luna, so als hätte ich das eben ernst gemeint und nicht sarkastisch. »Es ist ja auch höchste Zeit für die entscheidende Phase des Countdowns: Anziehen, Frisieren, Schminken.«

Eine Viertelstunde später trage ich die giftgrünen Baggy Pants und die gelben Skaterschuhe, die Luna mir zum Geburtstag geschenkt hat, und dazu das orange-schwarze T-Shirt mit dem Freundschaftsspruch von Stella. Luna schminkt mich dezent und verwuschelt meine Kurzhaarfrisur geschickt mit etwas Haarwachs.

»Nicht zu fassen, was du alles an Beautykram in deinem Rucksack mit dir herumschleppst«, staune ich.

»Immer bereit für ein Fanfoto«, grinst sie und zückt ihr Handy. »Bitte lächeln!« Und bevor ich mich wehren kann, hat sie mich geknipst. Keine Sekunde später habe ich das Bild auf meinem Handy.

»Was soll ich mit einem Foto von mir selbst?«, frage ich.

»Es an Stella schicken, natürlich!«

Oh. Natürlich! Wie konnte ich das nur vergessen?

Mit diesem Glücksbringeroutfit kann gar nichts schiefgehen, schreibe ich dazu, obwohl das so ungefähr das Gegenteil von dem ist, was ich glaube.

Coooole Frisur!, antwortet Stella postwendend. **Meine Daumen sind gedrückt: Du rockst die Bude, wetten?!**

Und dann wird es ernst.

Wir müssen los. Martin will uns fahren, aber ich möchte lieber laufen. Das verlängert die Galgenfrist um mindestens fünf Minuten. Oder wenigstens vier.

Aber sooo lang ist der Fußweg leider auch nicht, und obwohl ich immer langsamer werde, je näher wir der Schule kommen, sind wir irgendwann da. Wie in Trance folge ich Luna hinter die Bühne, wo die meisten der anderen Teilnehmer schon herumwuseln.

Ich fühle mich, als würde ich gleich ohnmächtig. Gleichzeitig aber spüre ich ein Kribbeln im Bauch, und eine leise Stimme in meinem Hinterkopf sagt: Zeig es allen, Sunny! Bring sie zum Staunen!

Bling, macht es in meiner Hosentasche, und ich entdecke eine weitere SMS von Stella: **Du bist super! Vergiss das nicht.**

Lisa Spatzenhirns Vater, der – wie in meinem Albtraum – tatsächlich als Jurypräsident fungiert, übernimmt die Auslosung der Startnummern. Ich bekomme die Sieben.

»Genial«, raunt Luna mir zu. »Sieben ist die ultimative Glückszahl.« Glückszahlen? So was gibt's doch gar nicht! Wahrscheinlich hätte sie das auch bei jeder anderen Zahl behauptet, um mich zu beruhigen, aber der Trick funktioniert leider nicht: Ich werde von Minute zu Minute unruhiger. Zum Glück sind meine Haare schon ab, ich würde sie mir sonst einzeln ausreißen …

Vor lauter Aufregung merke ich nicht einmal, dass der Wettbewerb längst läuft. Das wird mir erst klar, als ich den Applaus für die Startnummer eins höre, einen der Zauberer. Viel zu schnell sind auch die Startnummern zwei (Yara, die Französisch-Streberin, als Pianistin), drei (Stand-up-Comedian *Ähm-Dingens-Philipp*), vier (ein ganz und gar nicht begnadeter Geiger) und fünf (der Dudelsackspieler) fertig und tauchen nacheinander mit demselben Gesichtsausdruck wieder hinter der Bühne auf: einer Mischung aus Stolz, Zerknirschung und grenzenloser Erleichterung.

Vor mir verschwindet die Erste der Sängerinnen-Fraktion in Richtung Bühne, wo Luna sie gerade ansagt, während ich kurz vor einem Nervenzusammenbruch stehe.

In diesem Moment ist es mir völlig egal, dass Dörte und Martin meinetwegen Urlaub genommen haben und mit frisch aufgeladener Kamera und stolzgeschwellter Brust im Publikum sitzen. Auch dass Luna sich für mich so sehr ins Zeug gelegt hat und Stella mir extra ein Glücksbringershirt hat machen lassen: Ich will einfach nur abhauen! Los, Sunny, jetzt oder nie!

Doch bevor ich meinen Plan in die Tat umsetzen kann, schlüpft Luna hinter den Vorhang in den Backstage-Bereich und blitzt mich mit ihren unfassbar grünen Augen an: »Du gewinnst, wetten?«

Grün ist die Hoffnung, haha.

»Ach, Luna«, seufze ich unglücklich.

»Jetzt hör mir mal zu«, raunt sie mir mit strenger Stimme ins Ohr: »Deine Mutter glaubt an dich. Ihr Lover glaubt an dich. Stella glaubt an dich. Und ich glaube an dich. Jetzt reiß dich verdammt noch mal zusammen und glaub auch selbst an dich! Das bist du uns schuldig!«

Warum kratzt sie sich dabei nicht am Ohrläppchen? Glaubt sie das etwa wirklich?

Schnell umarmt Luna mich und geht dann wieder in Position, denn die leicht schräge Rihanna-Imitation von Startnummer sechs neigt sich dem Ende zu, und es wird Zeit, meinen Auftritt anzumoderieren. Ich kann nicht genau verstehen, was sie sagt, weil der Vorhang alle Geräusche dämpft. Aber anscheinend spricht sie ziemlich ausführlich über die Musik, erzählt ein bisschen was über die Band *Sunny Days* und ihren Song *Moondancer*. Lautes Jubeln dringt an mein Ohr. Dann ruft Luna meinen Namen, woraufhin nur zaghaft applaudiert wird.

Wie ferngesteuert tue ich es tatsächlich: Ich teile den Vorhang und trete einen Schritt hindurch. Die Bühne wird von grellen Scheinwerfern so stark angestrahlt, dass ich geblendet bin und niemanden erkennen kann. Dörte und Martin müssen irgendwo vorne links sitzen, denn von dort ertönt eine einzelne Frauenstimme, die »Sunny, du schaffst das!« ruft.

Ich könnte vor Scham im Erdboden versinken. Und diese Frau ist Psychologin! Müsste sie nicht wissen, dass sie mich gerade bis auf die Knochen blamiert?

Dann denke ich an das, was Luna mir eben eingeschärft hat. Also gebe ich mir einen Ruck, stolpere auf die Bühne – und bleibe erstaunt stehen. Denn ich bin nicht alleine dort. An der Seite haben die *Sunny Days* ihre Instrumente aufgebaut. Die Musiker schauen mich erwartungsvoll an. Bjarne, der Gitarrist, nickt mir aufmunternd zu, und Lenny, der Drummer, macht sogar das Daumenhoch-Zeichen. Dann gibt er den Rhythmus vor, und die Musik startet.

In diesem Moment ist mein Lampenfieber verflogen. Es gibt nur noch die Musik, den Rhythmus und meine Moves. Ich denke nicht an den Wettbewerb, nicht an Lisa Spatzenhirn, nicht mal an Luna oder Dörte. Ich schwebe! Alles andere um mich herum ist verschwunden. Erst als die letzten Töne verklungen sind und ich in meiner Schlussposition stehen bleibe, erinnere ich mich wieder daran, wo ich gerade bin und was ich hier tue.

Für eine Sekunde ist alles still. Dann brüllt jemand: **»WOW, KRASS! WIE GENIAL WAR DAS DENN? BRAVOOOOOOOO!«**, und alle fangen an zu jubeln.

Ich zittere. Ich habe Gänsehaut. Aber ich kapiere natürlich, was hier los ist: Natürlich gilt dieser Kreischalarm der Band. Ich schaue zu den Jungs rüber, doch zu meinem größten Erstaunen legen die Musiker gerade ihre Instrumente zur Seite, stehen auf und klatschen.

Das ist mein Beifall!

»Hast du Zeit für ein Interview mit deinem größten Fan?«, fragt eine wohlbekannte Stimme, als ich von der Bühne gehe.

Hilfe! Ich glaube, jetzt werde ich doch noch ohnmächtig.

20

AM LETZTEN TAG IM JAHR werde ich immer ein bisschen sentimental. Und diesmal ist das Gefühl ganz besonders stark. In den letzten Monaten ist so viel passiert! So viele Highlights – die muss ich unbedingt schriftlich festhalten. Jetzt ist der ideale Zeitpunkt, um das bisher aufregendste Jahr meines Lebens zusammenzufassen. Für heute Abend habe ich Luna eingeladen, während Dörte und Martin erst ins Theater gehen und dann zu einem schicken Empfang.

Momentan ist mir allerdings noch gar nicht nach Feiern zumute. Ich sitze im Schneidersitz auf meinem Bett, starre unentschlossen auf die aufgeschlagene, noch leere Seite des Notizbüchleins, das mir Paul geschenkt hat, und knabbere an einem Kuli herum. Wie soll ich nur anfangen? Am besten wie bei einem Schulaufsatz oder einem *OOOPS*-Artikel: mit der Überschrift. *Was dieses Jahr am schönsten war.*

Einmal abgesehen davon, dass ich nicht nur Stella als Freundin behalten, sondern auch Luna dazugewonnen habe, lagen die schönsten Momente dieses Jahres alle in den letzten paar Wochen …

Ein besonders krasser Augenblick war natürlich der vor zwölf Tagen, als mir Direktorin Overkamp-Liebknecht die Siegertrophäe des Talentwettbewerbs überreichte und ihr Stellvertreter, Herr Sperling, mit verkniffenem Gesicht danebenstand, weil sein Töchterlein Lisa Spatzenhirn auf dem vorletzten Platz gelandet war. Nach dem Dudelsackspieler. Nur *Ähm-Dingens-Philipp* bekam noch weniger Punkte. Ich glaube, da habe ich von einem Ohr bis zum anderen gestrahlt. Obwohl ich es da immer noch nicht glauben konnte: **Ich hab das Ding tatsächlich gewonnen! Wahnsinn!**

Luna hat die ganze Zeit »Ich hab's dir ja gesagt« gejubelt und mir dann mein Handy aus der Hosentasche gefischt, um sofort Stella zu informieren. Die war natürlich ebenfalls begeistert und hat direkt eine euphorische Glückwunschnachricht geschickt.

Noch schöner war nur, als Dörte und Martin auf mich zugestürmt kamen, um mich zu umarmen und mir zu gratulieren. »Wir sind so wahnsinnig stolz auf dich, mein Sonnenschein!«, hat Dörte beteuert, und wenn mich nicht alles täuscht, hatte sie dabei Tränen in den Augen. Vielleicht hatten die aber auch mit der Neuigkeit zu tun, die sie mir gleich darauf eröffnete: »Eigentlich wollten wir es dir ja erst an Weihnachten sagen, aber ich halte es nicht mehr aus. Martin und ich wollen nächstes Jahr heiraten. Wie findest du das?«

»Na, wie wohl?«, erwiderte ich nur. »Ich hab doch neulich erst gesagt: Den behalten wir!«

Es bleibt mir also erspart, mich bald wieder auf eine

neue Stadt und einen neuen Traummann meiner Mutter einstellen zu müssen. Dem Himmel sei Dank! Die separaten Wohnungen werden wir aber nicht behalten. Also steht im Frühjahr doch wieder ein Umzug an, allerdings nur zwei Straßen weiter, wo Dörte und Martin ein richtig cooles Haus gefunden haben, mit Garten und riesigen Fenstern und einem richtigen Erker. Wir sind endlich angekommen! Und das Beste ist: Ich bekomme das schönste Zimmer im ganzen Haus und freue mich wie verrückt darauf.

Worauf ich mich nicht besonders gefreut habe, war der Tag nach dem Wettbewerb. Es war zugleich der letzte Tag vor den Weihnachtsferien, und ehrlich gesagt war ich nervöser als an meinem allerersten Schultag in Köln. Wie würden Lisa Spatzenhirn und all die anderen auf meinen Triumph reagieren? Würden sie neidisch sein? Oder mich sogar blöd anmachen?

Als genau das Gegenteil davon geschah, konnte ich es kaum fassen. Sogar Clara, Marie und Sarah gratulierten mir, und da konnte Lisa nicht anders, als die Zähne zusammenzubeißen und sich ebenfalls ein »War cool, Glückwunsch« abzuringen.

Ich freute mich darüber dermaßen, dass ich mir selbst verbot, Lisa weiterhin den Namen Spatzenhirn zu verpassen. Hiermit also zum letzten Mal verwendet.

Für die Überraschung des Tages sorgte dann Frau Sievert, unsere Klassenlehrerin mit dem Handy-und-MP3-Player-Verbot-Tick, die uns eine »vorweihnachtliche

Klassenfeier« angekündigt hatte. Wir rechneten mit dem Schlimmsten, sprich: mit kitschigen Kinderliedern, albernen Spielen und langweiligen Vorlesegeschichten. Wie erwartet, hatte Frau Sievert eine CD dabei. Sie wies uns an, Tische und Stühle zur Seite zu schieben. Dann startete sie den ersten Titel: *Santa Claus goes straight to the ghetto* von *Nate Dogg & Snoop Dogg*, einen waschechten Hip-Hop-Christmas-Song.

»Zeig uns ein paar Tanzschritte dazu, Sunny!«, forderte sie mich auf, und so kam es, dass wir an diesem Freitag noch alle ordentlich ins Schwitzen gerieten …

Ich selbst geriet sogar gleich zweimal ins Schwitzen: einmal beim Tanzen und später noch einmal, als mich Paul für die Schülerzeitung fotografierte und dann ausführlich interviewte. Kam es mir nur so vor, oder hat er mir dabei etwas zu lang und etwas zu tief in die Augen geschaut? Eigentlich ein **Hach**-Moment! Aber statt ihn zu genießen, habe ich mich schnell abgewendet und dann so getan, als müsste ich dringend weg. Sonst hätte ich womöglich doch wieder angefangen, für Paul zu schwärmen.

Okay, erwischt: Ich schwärme natürlich weiterhin für ihn. Aber nur ganz heimlich. Er darf davon nichts erfahren und Luna erst recht nicht. **Beste-Freundinnen-Ehrenkodex!**

Weihnachten wurde sehr gemütlich. Dörte und Martin haben sich riesig über den Gutschein für das Candle-Light-Dinner gefreut. Ich habe zwar keine Angst mehr, dass sie sich bald entlieben könnten, aber ein romantisches Abendessen zu zweit kann auch einem künftigen Brautpaar nicht schaden. Ich bekam nur ein paar CDs, aber das macht gar nichts: Nächsten Monat darf ich mir Möbel, Teppiche, Gardinen und Bilder für mein neues Zimmer aussuchen!

Am ersten Feiertag haben wir gefaulenzt. Endlich hatte ich mal wieder viel Zeit zum Lesen und schaffte einen der dicken Wälzer aus meinem Geburtstagskorb!

Am zweiten Weihnachtstag besuchte ich Luna und erlebte gleich zwei gewaltige Überraschungen: Erstens sind Lunas Eltern supernett, was mir so gar nicht klar war, denn sie sind mir ja noch nie zuvor begegnet, und zweitens haben sie mich allen Ernstes eingeladen, in den Osterferien mit ihnen nach Hawaii zu fliegen.

Hawaii! Das muss man sich mal vorstellen!

»Ja, meine Oldies können schon ganz schön cool sein, wenn sie vor lauter Arbeit mal Zeit dafür haben«, hat Luna später, als wir in ihrem Zimmer waren, kommentiert.

»Ich muss aber erst Dörte fragen, ob ich überhaupt mitdarf«, fiel mir siedend heiß ein.

»Schon geschehen. Am Abend vor dem Wettbewerb, als ich dich in letzter Sekunde davon abhalten konnte, vom Stuhl zu springen. Du hattest wohl die Musik so laut gestellt, dass du die Klingel nicht gehört hast. Deine Mutter hat mir geöffnet, und bei der Gelegenheit habe ich ihr die Erlaubnis abgeschwatzt.«

»Du bist genial!«

»Nun übertreib mal nicht, sonst werde ich womöglich noch eingebildet.« Luna lachte.

Ich streckte ihr die Zunge raus, und Luna warf mir ein Kissen ins Gesicht …

»Sunny-Schatz, wie seh ich aus? Geht's dir gut? Wärst du doch lieber mitgekommen? Wo bleibt eigentlich Luna? Hach, ihr werdet sicher ganz viel Spaß haben«, unterbricht Dörte meine Erinnerungen.

Ich brauche ein paar Sekunden, um gedanklich von meinem inneren Jahresrückblick in die Gegenwart meines Zimmers zurückzukehren. In der Hand halte ich noch immer das Notizbuch, in dem bis auf die Überschrift nichts weiter steht. Ich klappe es zu. Wozu aufschreiben, was ich sowieso bestimmt niemals im Leben vergessen werde?

»Du siehst bombig aus, Dörte«, sage ich.

Meine Mutter trägt ein elegantes nachtblaues Kleid mit Spitzeneinsatz und tiefem Rückenausschnitt, dazu passende Schuhe mit hohen Absätzen und eine elegante Hochsteckfrisur. »Wie eine echte Lady.«

»Oh, vielen Dank, mein Sonnenschein. Was für ein nettes Kompliment! Aber ich kann es zurückgeben – du siehst heute total hübsch aus. Nicht nur heute, natürlich, sondern immer, aber heute ganz besonders. Liegt bestimmt an der Vorfreude auf die Silvesterfete. Oder bist du verliebt?« Sie zwinkert mir vielsagend zu.

Auch das noch!

»Nein, nein«, winke ich ab und hoffe, dass ich dabei

nicht rot werde. »Und die Party wird auch klein und ganz gemütlich. Nur Luna und ich.«

»Ach, ich dachte, ihr geht noch zu Freunden? Da muss ich Luna wohl missverstanden haben. Also dann: Feiert schön, bis nächstes Jahr!«

Und nach einem mütterlichen Schmatzer bin ich wieder alleine.

Bevor ich dazu komme, darüber nachzudenken, was Luna da wohl Missverständliches gesagt haben könnte, signalisiert mein Handy eine neue SMS.

Geh mal online, schreibt Stella aus dem Skiurlaub. **Ich habe zu Weihnachten ein iPad bekommen, wir können jetzt also skypen. Hast du Lust?**

Und ob!

Danach muss ich wohl eingenickt sein. Ich erwache, als Luna klingelt. Ein Blick auf die Uhr sagt mir, dass es schon nach elf ist.

»Hi! Sorry, meine Eltern haben darauf bestanden, dass ich erst noch mit ihnen essen gehe. Und dann musste ich noch ein paar Sachen zusammensuchen.« Sie strahlt mich an und deutet auf den Stoffbeutel in ihrer Hand. »Ein paar Utensilien, um das alte Jahr würdig zu verabschieden und das neuc gut zu starten.«

Sie stellt zwei Porzellantassen auf meinen Schreibtisch.

»Mensch, da ist ja eine hässlicher als die andere«, platze ich heraus. Ist doch wahr: Beide sind klobig und tragen einen lieblos gestalteten Werbeaufdruck, der zudem noch halb abgewaschen ist.

»Exakt. Und das ist auch gut so, denn wir werden sie gleich zerstören, um das alte Jahr mit ordentlich Getöse zu verabschieden«, verkündet Luna, greift sich eine der Tassen und donnert sie auf den Fußboden. Erst erstarre ich vor Schreck. Dann mache ich es ihr mit der anderen Tasse nach. Hey, das macht richtig Spaß! Luna behauptet, dass es außerdem Glück bringt.

Als Nächstes gibt sie mir einen Zettel und einen Stift. »Wir müssen jetzt den Namen des Menschen aufschreiben, der im nächsten Jahr eine besondere Rolle in unserem Leben spielen soll.«

Ich überlege kurz, **Paul** zu nehmen, aber ich komme noch rechtzeitig zur Besinnung und schreibe stattdessen **Luna**. Als ich zu Luna hinüberschiele, stelle ich fest, dass auch sie meinen Namen notiert hat.

»So, nun falten wir die Zettel und zerreißen sie – damit es sich erfüllt«, sagt sie.

In diesem Moment bin ich rundum zufrieden mit meinem Leben. Besser könnte es gar nicht mehr werden. Von meinem nagenden Hunger einmal abgesehen … Mein Magen knurrt – kein Wunder, ich habe seit Ewigkeiten nichts mehr gegessen, im Gegensatz zu Luna.

»Eigentlich wollte ich uns 'ne Pizza bestellen.«

»Bist du verrückt? Also, ich bin jedenfalls pappsatt. Außerdem sind wir doch eingeladen, hatte ich das nicht erwähnt? Und dort gibt es garantiert genug für ausgehungerte Gäste.«

Typisch Luna! Natürlich hat sie das nicht erwähnt. Im ersten Moment bin ich enttäuscht. Ich habe eigentlich keine Lust darauf, noch wegzugehen. Aber ich will Luna nicht enttäuschen, also tue ich ihr den Gefallen und schlüpfe in meine Jacke.

Unterwegs erzähle ich Luna von der großen Neuigkeit, die ich vorhin beim Skypen erfahren habe: »Stella kommt über Karneval. Dann lernt ihr euch endlich mal kennen!«

»Genial!«, freut sie sich. »Karneval ist der perfekte Zeitpunkt, um nach Köln zu kommen. Da wird hier tagelang durchgefeiert, der helle Wahnsinn!«

»Apropos feiern: Wo findet eigentlich diese ominöse Silvesterparty statt?«

»Na, bei Paul. Freust du dich?«

Ich bekomme einen Hustenanfall. Das darf doch nicht wahr sein! Ausgerechnet …

Dabei sollte ich eigentlich nicht überrascht sein. Ist doch klar, dass sie ihn an einem solchen Tag sehen will. Liebe ist eben doch stärker als Freundschaft.

»Klar, Paul ist echt nett. Aber du könntest langsam mal zugeben, dass ihr inzwischen ein Paar seid. Mensch, Luna, das ist so was von lächerlich, dass du das immer noch leugnest. Wenigstens mir gegenüber könntest du ehrlich sein«, sage ich. Das musste jetzt einfach raus.

Abrupt bleibt Luna stehen und starrt mich an, als hätte ich nicht mehr alle Tassen im Schrank.

»Fängst du schon wieder damit an? Wie oft muss ich dir noch sagen, dass ich ausschließlich an einer Kumpelfreundschaft mit ihm interessiert bin?«

»Ach ja. Und nur deshalb sollte ich ihn wochenlang für dich unter die Lupe nehmen?«

»Ganz genau«, erwidert Luna und kratzt sich am Ohr.

»HA! Ich wusste es. Du schwindelst!«

Lunas Gesicht ist ein einziges Fragezeichen.

»Immer, wenn du die Unwahrheit sagst, fasst du dein Ohrläppchen an. Das habe ich genau beobachtet.«

Luna wird feuerrot. Dann schaut sie betreten auf den Boden und räuspert sich. »Okay, so ganz hat meine Story nicht gestimmt.«

Na, endlich gibt sie es zu.

Ich nicke, und sie fährt mit ihrem Geständnis fort: »Ich wusste, dass Paul auf dich steht, das hat er mir mal verraten. Aber er ist ein bisschen schüchtern und hat sich nicht getraut, dich anzubaggern. Da dachte ich mir, wenn ich dich irgendwie dazu bringen kann, mehr Zeit mit ihm zu verbringen, verliebst du dich vielleicht auch in ihn. Tja, das hat wohl leider nicht geklappt.«

Hätte Luna mir gestanden, sie sei in Wahrheit eine Außerirdische, wäre ich kaum überraschter gewesen. Ungläubig reiße ich die Augen auf. »Du machst Witze!«

Luna schüttelt den Kopf. Und kratzt sich **nicht** am Ohr.

Ich fasse es nicht!

»Das war also alles Theater? Ein Trick, nur um mich zu manipulieren?«

»Nicht sauer sein, Sunny, ich wollte einfach mal die Liebesgöttin spielen. Offenbar habe ich keinerlei Talent dafür.«

Inzwischen sind wir vor einem Haus angekommen, in

dem alles hell erleuchtet ist. Gelächter und Musik sind bis hinaus auf die Straße zu hören.

»Ähm – wir sind da«, sagt Luna und deutet auf die Tür.

»Du erwartest von mir, dass ich das einfach hinnehme, da reinmarschiere und so tue, als wäre alles in bester Ordnung, Luise-Nadine?«

Luna schaut mich ernsthaft an. Dann nickt sie und betätigt die Türklingel. »Genau das erwarte ich.«

Drinnen wird laut der Silvestercountdown heruntergezählt. Exakt in dem Moment, in dem die ersten Raketen den Nachthimmel erleuchten, öffnet Paul die Haustür und strahlt mich an. Ja, er hat eindeutig nur Augen für mich. Luna ignoriert er völlig, obwohl sie direkt neben mir steht.

»Und ich bin doch eine Liebesgöttin«, flüstert Luna mir ins Ohr. Laut sagt sie »**HAPPY NEW YEAR!**« und schlüpft an Paul vorbei, hinein ins Gewühl der Partygäste.

Also stehen Paul und ich alleine da und schauen einander verlegen an. Ich kann immer noch nicht glauben, was Luna mir da eben eröffnet hat.

»Hi, Paul«, krächze ich nach einer halben Ewigkeit, woraufhin er mich schüchtern umarmt und mir einen Kuss auf die Wange haucht. Und dann noch einen – auf den Mund.

Mir wird ein bisschen schwindelig.

Habe ich vorhin geglaubt, mein Leben könnte gar nicht mehr besser werden? Ich muss mich wohl getäuscht haben.

Das neue Jahr fängt nicht übel an, denke ich und erwidere vorsichtig seinen Kuss.

Ja, wirklich: gar nicht übel!